山神さまのお世話係

渡海奈穂

キャラ文庫

この作品はフィクションです。
実在の人物・団体・事件などにはいっさい関係ありません。

目次

口絵・本文イラスト／小椋ムク

山神さまのお世話係

1

まさか自分が、度重なるパワハラと過労のせいで心身の調子を崩し、職を辞すことになるとは思わなかった。

どちらかといえば楽天的というか能天気で、たとえ嫌なことがあっても美味《うま》いものを食べて一晩眠れば全部忘れて、次の日からも元気にやっていけるタイプだと自負していたのに。

友達に囲まれ恋人にも不自由なく楽しいばかりの学生時代を過ごし、就職難を乗り越えてそれなりの企業に就職できたところまでが人生の絶頂期、直属の上司どころかそのさらに上にまで嫌われいびられ、残業続きで休みもなく会えない生活に嫌気が差した恋人には振られ、気づけば布団から出られなくなっていた。

無理に起き上がってネクタイを締めようとしたところで冷や汗と嘔吐《おうと》感が止まらなくなり、それでも入社二年でこのザマはないだろうと頑張るつもりだったが、家族が泣きながら布団に押し戻そうとする姿を見て、「あ、これは駄目だ」と自分に見切りをつけた。

そういうわけで、小沢秋《おざわあき》は二十四歳にして職を、ついでに恋人も友人も失った。

辞表を出してからは目に見える体調不良はぱったりと治まったのだが、何しろすべてにおいてやる気というものが失《う》せてしまい、次の職場を探す気力もアルバイトをする踏ん切りも付かないまま、外へ散歩に行く余力すら捻出できずに自室でぼんやり過ごすこと三ヵ月。

幸い実家暮らしで、使う暇もなかった給料はほとんど手つかずで残っているし、両親もまだ現役で働いているから、「そう焦らないで、しばらくのんびりしたら?」という言葉に甘えてしまった。

おかげで辞職数ヵ月前にはほとんど喉を通らなかった食事はまともに食べられるようになり、穀潰しが居座っているだけでは申し訳ないと働く母に代わって掃除や洗濯、料理の一端を担うようにもなったが、それでもさすがに無職生活が三ヵ月も続けば、焦りが出てくる。

焦ったせいでまた思い詰めたような顔をするようになった秋に、母親が言った。

「秋、あなた、しばらくお母さんの実家で過ごしてみる?」

母親の実家といっても、すでに秋の祖父母は他界して、母親の弟、つまり秋の叔父に当たる人が管理している家屋だった。

秋を心配して電話をくれた叔父も言った。

『年に一度風を通しに行くくらいだと、すぐにボロくなっちゃうからさ。秋が住んでくれりゃ、俺も遠いとこから通わずにすんで、助かるよ』

家を出るのは正直まだ怖かったし、億劫《おっくう》でもあったが、優しい家族や叔父にこれ以上心配をかけたくはない。

　どうせ環境を変えたところできっと何のいいこともないんだろうなあ——という後ろ向きな気分を抱えつつも、秋はたった一人、慣れない田舎でしばらく暮らすことになった。

◇◇◇

　最初の三日は母親がついてきて食事だ掃除だと世話をしてくれたが、大学受験生の弟を家に残してきたので、四日後には帰っていった。

　世話をする人がいなくなって十日も経《た》てば、作り置きのおかずはなくなり、レトルト食品すら底を突いた。自分の食べるものくらい自分で調達しなければ、待っているのは餓死そして孤独死だ。

（さすがにそれは、嫌だ）

　それで秋は、引っ越してから二週間後、初めて外に出ることにした。

　できればネットスーパーなどを利用したかったのだが、ほとんどのサービスが配達範囲外だった。祖父母の家はずいぶんな僻地《へきち》にあるのだ。

　まったく気は進まなかったが、それでも久々に髪に櫛《くし》を入れ、さほど濃くもないが髭《ひげ》を剃《そ》って適当に着替えをすませて外に出てみれば、空気はやたら澄んでいるし天気もいいしで、鬱々としていた気分が多少晴れはした。

軽く伸びをして、鍵をかけるために玄関を振り返ってから、秋は改めて祖父母の家を見上げる。

古い日本家屋、玄関ドアは今どきまだ千本格子《ごうし》の引き戸だ。叔父の手入れがよかったおかげか築年数の割に目に見えて破損したところもなく、最近流行《はや》りの古民家風のカフェやら宿やらとしても使えるのでは——と、ここで暮らし始めて二週間目にしてやっと気づいた。

玄関を出ると門まで飛び石がある。雑草がちょろちょろと生え始めていた。初夏だから、放っておけばあっという間に繁《しげ》り出すのだろう。

(俺が、手入れしないといけないんだよな)

まあのんびりやればいい、と家族も叔父も言ってくれているのに、秋は勝手に義務感で気を重くした。

この二週間、秋は家の掃除も何もしていない。寝床にしている一室以外に足を踏み入れてもいない。かつて祖父母と母の兄弟五人が暮らしていた家は平屋とはいえ広くて立派な造りだったのに、何もできない自分が居座って、きっとすぐに廃屋みたいになってしまうのだろう。自分ごと家が腐って崩れ落ちるような想像に気が滅入《めい》る。

(でも俺しか住んでないのに掃除とか、面倒だしな……)

きっとこんないい天気の日には、洗濯をしたり、布団を干したりすれば、気持ちよかったのだろうが。

　溜息《ためいき》をつきつつ、秋は店のある場所もわからないまま、適当に道を歩き出した。

　陽が翳《かげ》りだしているので夕方になっているのだろうか、時計もテレビも見ずに過ごしていたから、家にいる時ですら正確な時間はわからない。携帯電話は退社した足で解約して、ここに来る時に家族に無理矢理新しいものを持たされたが、充電もせずにどこかに放ってあった。

　俯《うつむ》きがちな視線を少し上げると、立ち並ぶのは秋のいる家と似たり寄ったりの民家ばかりで、高層ビルなんてものは目に入らない。ここはずいぶんな田舎町だ。路地は細く、車が行き違えるのかもわからないほどだった。

　さらに視線を上げれば、家並みの向こうに青々した山の稜線《りょうせん》が見える。山の谷間《たにま》に赤い夕日が沈みゆき、かすかに見える叢雲《むらくも》は紫がかっていて、東京《とうきょう》暮らしの長い秋にとっては何だか夢の中にいるような非現実感があった。

　その非現実感が、今の秋にとっては多少の救いになる。この街は長閑《のどか》で静かだ。家と会社を往復していた頃は、どこにいても誰かしらの姿が目に、何かしらの雑音が耳に入って、身の置き所がないような感じがして苦しかった。

（あんまり覚えてないけど、ここは変わらないな）

　ずいぶん昔、秋は一時期だけ祖父母と一緒に暮らしていたことがある。小学校に上がる前だから、二十年近く前か。母親が弟を出産する時、仕事で忙しい父親では面倒を見切れないからと、数日の約束で預けられた。

しかし産後の肥立ちが悪く、結局秋は二週間ほど家に帰ることができなかった。

その間、祖父母は優しかったたし、たしか友達もできたし、あまり寂しい思いはしなかった覚えがおぼろげにある。

（夜になったら『家に帰りたい』って泣いて、おばあちゃんたちを困らせた気はするけど……）

食料を手に入れるためにスーパーなりコンビニなりを探してのろのろと路地を歩きながら、秋はぼんやりそんなことを思い出した。

祖父母の家で布団を被《かぶ》っている時は忘れていた記憶が、外に出て少しずつ甦《よみがえ》っていく。懐かしいな、という気分になった。体を動かしたおかげで、心もわずかばかりに動いてくれたのだろうか。低いところで停滞していたような感情が少しでも浮上するのは本当に久しぶりだった。

秋はややもすれば俯きがちになる視線を意図的に上げて、辺りを見回す。都会ではそうそうお目にかかれない庭付きの一戸建てが多く、ときおり小さな菜園があったり、空き地に軽トラックが停《と》まっていたりと、贅沢《ぜいたく》な土地の使いぶりだ。

時間が止まっているかのように、二十年前と変わらない眺めだった。

（あの頃は、かくれんぼとか追いかけっことか、シンプルな遊びで充分楽しかったよなあ）

懐かしい気持ちで思い出す。一緒に遊んだ子の顔も名前ももはや思い出せないが、楽しい気分だけが甦った。

散歩気分で十五分ほど歩いて、秋はようやく『すずかけ商店街』と看板のかかった通りをみつけた。

さほど大きくはなく、二区画分ほどの道を行けば終わりそうな感じだ。

時勢なのかシャッターが下りたままの建物もちらほらあったが、青果店や鮮魚店、精肉店、パン屋に電気屋、日用品を扱う小売店、書店、洋品店などひととおりのものが買えそうな店が揃《そろ》ってはいる。

秋はほっとするより戸惑った。

(どの店から入ればいいんだ？)

これまでの人生、買い物は大概コンビニですませ、あとはどんなものでもまとめて売っているスーパーか、惣菜《そうざい》や弁当の売っているデパ地下くらいしか行ったことがない。そういう店では店員も客もお互い無関心で、「お弁当あたためますか」とか「お箸はおつけしますか」程度の会話を、視線も合わせずに交わすことが当たり前だった。

――が、この商店街は。

(すごい……見られてる……ような……？)

ちょうど買い物時なのだろうか、商店街にはそれなりに人出がある。

そしてどの店に入ったわけでもないのに、道を行く人、店の中にいる人、すべてが自分をちらちら見ているようで秋は冷や汗をかく心地になった。

（そんなに不審か、俺？）

　まあ平日にいい大人が、しかも見慣れない男がフラフラ歩いていれば不審ではあるのだろうが、しかしこうまで「誰だ、こいつ」という目で見られていると、居心地の悪いことこの上ない。睨《にら》まれたり怯《おび》えた視線を浴びせられたりしているわけでなく、かといって好奇心に満ちた表情を向けられているわけでもなく、ただただ、「何でこの人はここにいるんだろう？」という不思議そうな空気が商店街中に漂っている。

　かつての秋なら、コミュニケーション能力には自信があった。学校でもバイト先でも年齢性別を問わず誰とでも気兼ねなく話ができて、そこが自分の長所だと思っていたが――会社勤めの二年間でその思い込みは打ち砕かれ、今は人々の視線に愛想笑いを返すこともできない。

　その場の空気に耐えられず、秋は結局何も買わずに商店街を通り抜けてしまった。空腹だから食料を買いに来たつもりだったが、食欲など消え失せている。

（やばい……田舎怖い……）

　子供の頃は、子供だから許されていたのだろうか。それとも小さすぎて、こんな目を向けられていたのに気づかなかっただけなのだろうか。田舎を舞台にしたホラー映画にでも紛れ込んだような気分だ。

　秋はここに来たことを後悔し始めた。実家の方が悠々と引きこもっていられてよかったのかもしれない。いや、その快適さや家族の優しさが逆に辛《つら》くて出てきたのだ。しかしここでのんびり羽を伸ばして暮らすなんて俺にできるのか。

冷や汗をかき続けながらぐるぐるとそんなことを考える。とにかくもう祖父母の家に戻ろう。恥を忍んで母親に連絡して、日持ちする食料を宅配で送ってもらってしのごう。

祖父母の家がある方角に向けて足早に歩いていた秋は、動揺しながらも、ふと道の少し先にある変なものを目に留めた。

電信柱の陰にあるのは、真っ白い塊。

最初は犬とか猫とかかと思ったが、それよりはもっと大きい。

『粗大ゴミ収集所』と看板が出ていたが、とても無機物には感じられず、何となく目を凝らした次の瞬間、それが真っ白い着物を着た子供だと気づいて秋は思わず立ち竦《すく》んだ。

今どき、それも、白い無地の着物を着た子供。その白が夕暮れの中でぼうっと浮かび上がる。

ホラー映画に紛れ込んだみたいだ、などと考えた矢先にそんなものを見てしまい、秋は呆然《ぼうぜん》と目を瞠《みは》る。

が、子供がこちらに向けた顔を見て、浮かんだ恐怖は一気に吹き飛んだ。

子供の顔はあどけなくふくふくと可愛《かわい》らしく、そしてその頬《ほお》が、涙でびしょびしょに濡《ぬ》れていたのだ。

子供は悲しくて悲しくて仕方がないというように眉をハの字にして、歯を喰《く》い縛って、その歯の間から嗚咽《おえつ》を漏らしている。

「ど――どうした？」

気づいた時には、秋はその場を駆け出して、子供のそばにしゃがみ込んでいた。

「迷子？　お母さんか、お父さんは？」

泣き顔からは、子供の心細さがダイレクトに伝わってきた。未就学児くらいの年齢だろうか。一人で出歩いていい歳《とし》には見えない。

「……」

子供は秋の問いに答えず、ただ泣き濡れた顔でしゃくり上げている。秋は急いでズボンのポケットを探ったが、今の生活で、ハンカチなんてものが入っているわけがない。涙を拭いてあげることすらできずに焦る。

とにかく保護者が近くにいないかと辺りを見回すが、自分と子供以外に誰の姿も見当たらない。

子供の泣き声がひたすら悲しそうで、聞いているだけで秋の胸が痛くなる。

「どこか、怪我《けが》とか、してる？」

小さな子供に接することなど日頃ないもので、どう呼びかけるのが正解なのかわからない。ただ、これ以上悲しませたり怖がらせたりするのが嫌で、秋は精一杯優しい声音で問いかけた。

すると子供は急に泣き止《や》んだ。

「えっ、うわ」

と思ったら、両手を広げて、秋の首に抱きついてくる。

小さい温かい体に密着されて、秋は驚いた。

驚いて、困惑しつつ、何か――妙に嬉《うれ》しかった。

(何だ、これ)

ぎゅうぎゅうと精一杯の力で縋《すが》りついてくる子供の体温や、ふわふわした髪の感触が、無闇に愛《いと》しい。

よほど心細かったのだろう。相手の必死さすら感じる仕種《しぐさ》に、胸を衝《つ》かれる思いになってしまった。

だから自然と、秋はその体を抱き返していた。宥《なだ》めるように背中を叩《たた》く。

「大丈夫、すぐ、家の人を探してあげるから」

そう言ってから、秋は自分がろくに風呂も入っていない小汚い大人であることに思い至って、はっとする。

大体こんな見ず知らずの男にしがみついていて大丈夫なのだろうか。

慌てて自分にしがみついている小さな体を引き剝《は》がすと、子供はきょとんとした顔で秋を見上げてきた。

それから、酢漿草《かたばみ》やら種漬花《たねつけばな》やらの種でもパッと弾《はじ》けるような笑顔を見せる。

(……可愛い……)

自分が小さな子供を愛らしいと思うことがあるなんて、考えもしなかった。親しい友人はほとんどが未婚で、親類や知人が子供を持ったと風の便りに聞いたところで会いに行く暇もない。だからこのくらいの年頃の子を間近に見るのは、ましてや目線を合わせたり抱き合ったりするのなんて、大人になってからは初めてだ。

「あき」

「えっ？」

子供の笑顔につられて微笑《ほほえ》んでいた秋は、相手が突然自分の名を口にしたことに、驚いた。

「あれ、何で、俺の名前……」

名乗った覚えはない。それとも何かの拍子で呟《つぶや》いたりしただろうか、いやこんな短い時間でそんなはずは——と混乱する秋を見て、子供はひたすらにこにこしている。

(……まあ、いいか)

ひどく嬉しげな子供の顔を見ていたら、細かいことなどどうでもよくなってしまった。

「そう、俺は、秋だよ。小沢秋。君の名前は？」

「こぉた」

「こおた？」

子供は満面の笑みのまま、体中を使うように大きく頷《うなず》くと、

「こう、た」

そう言いながら宙に指で文字をふたつ書いた。

どうやら『暁《こう》』『太《た》』と綴《つづ》ったようだった。秋は至極感心する。

「暁太、か。自分の名前とはいえ、難しい漢字なのに、よく書けるなあ」

改めて見ても暁太はまだ小学校に上がる前、幼稚園とか、保育所に通っている年頃のようだ。なのにしっかり漢字が書けるなんて、よほど親が教育熱心なのだろうか。

（でもそれにしても……変わった格好だな）

何しろ子供に縁がないので偏見かもしれないが、たとえば難関小学校受験を目指すような家庭なら、上品なブランドものの子供服でも着せるような気がする。

だが、着物。どう見ても着物。祭りがあって浴衣《ゆかた》を着ているというにしては、純白無地というのはなかなか特殊だ。素足に草履、手荷物はなし。髪は日の光を浴びているせいか藁《わら》の色のように明るくふわふわしている。

（この辺りの子、だよな？）

それをたしかめるにしても、隣家にどんな人が住んでいるかも知らない秋だ。家に届けに行くのは難しい。

「スマホ……なんて、持ってないか。うーん、じゃあ、まあ、交番か……」

さっきの商店街に戻って人に訊《たず》ねる気にはなれなかった。警察官にならら、むしろ職務質問してもらって身分を証《あか》せるだろうから気が楽だ。駅まで行けば交番はあった気がする。二週間前に母親に先導されてぼんやり歩いたきりだが、駅の方角は何となくわかる。

「じゃあ、行こうか」

晄太に声をかけて立ち上がると、まるでそれが当然という仕種で人さし指をぎゅっと摑《つか》まれて、秋は指ではなく心臓を摑まれたような心地になった。あまりに可愛い仕種だ。

「うん、はぐれないように、摑まってて」

秋が声をかけると、晄太が嬉しそうに頷いた。

とにかく駅方面に向け、秋は晄太を連れて歩き出す。

「晄太……君《くん》は、いくつ？」

歩きながら、無言でいるのも間が持たない気がして、秋はできる限り優しく聞こえる声で晄太に問いかけた。

晄太はきょとんとした顔で秋を見上げて、小さく首を傾《かし》げている。

秋の方ばかりを見上げているので、晄太は何もないアスファルトの地面に草履の先が引っかかって転びそうになっていた。秋は慌てて晄太の体を支える。

「っと。ごめん、前を向いてていいから」

「……」

晄太がただただこちらを見上げて笑っているので、秋は少し困惑してきた。

（喋《しゃべ》れない……ってことは、ないよな。さっきちゃんと名乗ってたし）

黙々と歩くうち、道の向こうに平屋の小さな駅舎と、隣に建つ交番が見えてきた。

よかった、と思うと同時に、秋は名残惜しく寂しい気分になってしまう。これで晄太とはお別れだ。時間にすればせいぜい十五分とかその程度なのに、別離を思うとひどく切ない。

（でもまあ、この子にとっては、親と会える方が安心だし幸せだよな）

歩きながらそう自分に言い聞かせて、交番の入り口まで辿《たど》り着く。

「すみません」

「はい、どうしましたか？」

制服を着た年配の男性警察官が、秋を見て愛想よく返事した。商店街の人たちのような態度ではないことに、秋は内心ほっとする。

「この子、迷子みたいなんですが……」

「うん？」

晄太の頭に手を乗せながら言った秋に、警察官は妙な表情になった。

「どの子？」

「え？　だから、この……」

「猫か野鳥でも拾ったかな？」

「は？」

警察官は、なぜか秋の手許《てもと》や足許、背後を順繰りに覗《のぞ》き込んでいる。

秋のすぐ隣にいる暁太には、目もくれなかった。

「この子ですって。道端で泣いてたから、連れてきたんですけど」

「……？」

警察官は訝《いぶか》しげな顔をしていた。それから、不意に作ったような笑顔を秋に向けてくる。

「ええと……お兄さん、どこか、具合が悪いですかね」

秋はぞっと、背筋が震える感じを味わった。

(見えてない……？)

まさか警察官が秋をからかおうとしているわけはないだろう。

彼は一切暁太に視線を向けていない。

秋が交番に入ってから、ただの一度もだ。

「──すみません、勘違い、でした」

秋は取り繕うように早口で言うと、暁太の手を引いて交番を出た。商店街にいた時以上の冷や汗が滲《にじ》み出てくる。

辺りを見回したら、少し先を仕事中と思《おぼ》しきスーツ姿のサラリーマン風の男性が歩いていた。

秋は思い切って「あの！」と相手に声をかける。

「この子、見えますか？」

「は？」

あえて暁太に視線は向けずに訊ねたら、サラリーマンはうるさそうに秋の顔を一瞥《いちべつ》しただけで去っていった。

冷や汗がひどくなる。膝から力が抜けそうになりよろめいた。

（俺にしか、見えてないのか？）

幻覚。幻聴。

会社に行けなくなる直前、聞こえよがしな上司の嫌味に思わず言い返した時「そんなこと言ってない」と叱られたことを思い出した。「幻聴じゃないのか？」と侮《あなど》るような声。嘘《うそ》だ、とその時は思っていたが、もしかしたらあの時からありもしない声を聞いたり、ありもしないものを見たりするようになっていたのでは――。

「あき？」

指先をぎゅっと握られる感覚で、呆然としていた秋は我に返った。

暁太が少し心配そうな顔で秋を見上げている。

暁太の手は温かくて、どことなくしっとりしている。

（……これが幻覚？）

そんなわけがない、と思いはしても、警察官やサラリーマンの反応が説明できない。

何となく交番を振り返ると、先刻の警察官も、どこか心配そうな顔で秋の方を見ている。相手がガラス戸から外に出ようとするのを見て、秋は暁太の手を引くと再び歩き始めた。本当に幻覚だと知らされるのが怖かった。自分の感覚が信用できないことも怖ろしいが、この可愛い子供が実在しないと言われたら、あまりに悲しすぎる気がして。

何かから逃げるようにひたすら歩く。急ぎすぎて暁太がまた足を縺《もつ》れさせたことに気づいてはっとした。

「ごめん、大丈夫か？」

「あき、だいじょうぶ？」

慌てて足を止める秋に、暁太の方がむしろ気懸かりそうな顔になっている。

「大丈夫……」

暁太を安心させるため、そして足に力が入らないせいで、秋はその場に膝をついた。気づけば駅前から少し遠ざかり、周りには住宅しか見えなくなっている。祖父母の家があるのとは別の道に来てしまった。どのみち暁太を連れたまま家に帰るわけにもいかないし、ましてや暁太を放り出して帰れるわけがない——と思ってから、秋は一人首を振った。

（いや。もういい、妄想でもいい）

一瞬にして、秋はそこまで思い詰めた。不思議そうな顔で自分を見ている暁太に笑いかけてから、立ち上がる。

（誰にも見えないなら誰にも迷惑かけないんだし、俺にだけしか見えないんだったら、俺しか

世話できないんだし）

一応は晄太を連れてこの辺りを歩いてみて、保護者らしき人がみつからなかったら、家に連れて帰ろう。

そう決めて、晄太の手を引き再び歩き出そうとした時。

「晄太様！」

ひどく張り詰めた男の声が聞こえて、秋は再び足を止めた。

◇◇◇

（晄太『様』？）

晄太の名前が呼ばれた気がするので振り返った秋は、声と同じく切迫した表情でこちらに駆け寄ってくる男の姿を見て、目を瞠った。

多分自分と同じ二十代半ばくらいの、若い男だった。

驚いたのは、たった今まで自分の幻覚かもしれないと疑っていた晄太の名を呼ぶ人がいたからではない。

その相手がやたらと整った顔立ちをしていたからでも、切れ長の目に鋭すぎる眼差《まなざ》しを持っていたからでも、少し遠くにいたはずなのにとんでもない速さで走ってきてあっという間にすぐそばまでやってきたからでもない。

いやそれらすべてに驚いたといえば驚いたのだが、秋が一番気を取られたのは、男の身に纏《まと》うのが、晄太と同じく白い着物——下がズボンのようになっているし、作務衣《さむえ》というやつだろうか？　——だったことだ。

彼を見た途端、晄太がサッと秋の背後に身を隠した。

その様子を見て、秋も反射的に、晄太を庇《かば》うように男へ背を向ける。

「あんた、誰だ」

氷のように冷たい声音が秋の背中に刺さった。痛くて身を縮めたくなるような響きだった。

「そこで何をしている」

先刻名前を呼んだのだから、当然ながら、彼は晄太を知っているのだろう。

真っ黒い髪と瞳、余分な肉を削《そ》いだような端整な顔立ち、細身だが何かしらの運動をやっていたのだろうとわかるような体つきに長身、何よりやけに威圧的な雰囲気。

それらは、茶色いふわふわした髪、ふっくらした頬に優しげな顔立ち、子供らしく細い体、何より全身から溢《あふ》れ出る愛らしさを持つ晄太とはまるで似つかないので、兄弟、ましてや親子ではありえないだろう。

「こ……この子が泣いてたから、迷子かと思って、親を探してたんだ」

毅然《きぜん》と答えたかったのに、秋の声は震えて掠《かす》れて、頼りないものになってしまった。

小さな晄太はともかく、威圧感しかない成人男性を前にすると、会社にいた頃のことを思い出して辛い。

「晄太様」

男は自分で訊ねたくせに秋の返答を丸ごと無視して、晄太に近づいた。

（やっぱり、晄太『様』？）

そのまま、当然のような態度で地面に片膝をつく。

「お探ししました。家に戻りましょう、きっとお母様も心配されていますよ。出かける時は、どうぞ勇吹《いぶき》にお声掛けください」

勇吹、というのが彼の名前なのだろうか。それにしても、未就学児にしか見えない子供に対する態度にしては大仰というか、どこか芝居がかっている気がして、秋にとっては妙な感じだ。

「あきといる」

晄太の方は、先刻までの愛らしさはどこにいったのか、頑是無《がんぜな》い様子でぶっきらぼうに男に答えた。

晄太に向けては愛想よく微笑んでいた男の眉が、ぴくりと動いて、わずかに頬が引き攣《つ》る。

「晄太様」

呼びかける声音が、少し咎《とが》めるような響きになった。

晄太はそれでびくりと体を揺らして、秋の体に縋るように顔を伏せてしまった。

「おい。こんな小さい子に向けて、そんな怖い声出すなよ。顔も怖いし」

今度は臆さず、きっぱりと相手に言ってやることができた。そうしようと意を決する前に、秋の口から勝手に強気な声が出る。

(だって、晄太、泣きそうじゃないか)

もう泣いているのかもしれない。どんな子供だって、こんな怖いくらい綺麗《きれい》な顔をした男に詰め寄られれば泣いてしまうに違いない。

「……あき、っていうのは、あんたか」

ただでさえ切れ長の目をさらに細めて、男が秋に訊ねる。

秋は睨むように相手を見返して、頷いた。

「小沢秋。通りすがりの者だけど、おまえはこの子の何なんだよ」

「俺は晄太様にお仕えする者だ」

相手が何を言っているのか、秋にはいまいちわからなかった。

いや、言葉ひとつひとつの意味はわかるのだが、全体的にうまく理解できない。

「——山守《やまもり》を知らないなら、余所者《よそもの》か」

舌打ちをしてからひとりごとのように呟いた男の言葉の意味も、秋にはまたわからない。

「山盛り?」

秋が反問しても、それには答えず、男がふと微笑した。

ついみとれたくなるほどに綺麗な笑顔だった。

「小沢さんは、この町に何をしにいらしたんですか？」

先刻までとは打って変わって、やけに丁寧な口調で問われる。それに相手は微笑んだままだったが、秋はなぜだか、冷たく誰何《すいか》された時よりも萎縮しそうになった。

「祖父母の家のメンテがてら、しばらく暮らしてるだけだけど」

秋の方も、必要以上に喧嘩《けんか》腰になってしまった。大きな声を出したら晄太を怯えさせてしまいそうだったから、辛うじて、語調は抑えたが。

「祖父母の家？　どちらですか」

「南町二丁目の、樋上《ひがみ》だよ」

「――ああ、樋上家の」

思い当たったように頷く相手を見て、秋は内心驚いた。祖父は十年前、祖母は八年前に亡くなっているのだ。以来ずっと空き家なのに。

「うちの祖父母を知ってるのか？」

「この辺りについて、五浦《ごうら》が知らないことはありませんので」

服装からして神社の人間なのだろうか。田舎の小さな町だし、氏子のことは何でも知っているということかもしれない。

かといって、『余所者』に対して居丈高な物言いをしていいという理由にもならないだろう。

相手はそれでもう秋との話は終わったとばかり、視線を暁太に戻した。

「暁太様、戻りましょう。おなかが空《す》いているんじゃないですか、何でも好きなものをご用意しますから」

ご機嫌取りをするような男の言葉に、秋は眉を顰《ひそ》めた。『仕える者』というのは、子守とか、家庭教師とか、お手伝いさんとか、そういう立ち位置だろうか。言っている内容からすれば暁太の母親についても言及しているし、暁太にとって見ず知らずの人間ではないのかもしれないが。

「やだ」

腕を摑まれそうになった暁太が、ぴしゃりとそれを小さな掌《てのひら》で撥《は》ね除《の》けるのを見て、秋は暁太の肩を摑んで自分の方へ引き寄せた。

「おまえ本当に、この子の知り合いか？　嫌がってるじゃないか」

「はあ!?」

あまりに心外なことを言われた、と一瞬にして腹を立てたのがわかる調子で、男が声を上げる。

「俺は生まれてこの方ずっと暁太様にお仕えしている」

きっぱりと言い切られた言葉に、秋はますます眉を顰める。

暁太はせいぜい五、六歳、男の方は少なくとも二十過ぎ。それで『生まれてこの方』なんて台詞《せりふ》が出てくるのは、怪しすぎる。

「晄太、この人、知ってる人か?」

晄太を相手の目に晒《さら》さないよう体で庇いながら、秋はできるだけ優しい口調で訊ねた。

晄太が小さく頷く。

「いぶき」

知り合いであることは間違いないらしい。勇吹という名を、男自身も先刻口にしていた。

「いぶきは、こうたの、せわをするひと」

秋の脚に顔を半分押しつけて隠すようにしながら、晄太が男——勇吹を指さして言う。

「そうです。だから勇吹の庵《いおり》に帰りましょう、晄太様」

「いや」

勇吹の呼びかけに、晄太はすぐに指を引っ込めて、目一杯首を振った。

「あきといる。あきがいい」

ひたすらそう主張する晄太に、勇吹がぐっと言葉に詰まるような表情になってから、秋を険のある眼差しで見上げてくる。

「この方に一体、何をしたんです」

まるで秋が晄太を誑《たぶら》かしたとでも言いたそうな口振りだ。

「言っただろ、迷子みたいだから親を探そうと一緒に歩いてて」

「それでただ子供を連れ回すのは、少し常識がないのでは？　その場に留《とど》まっていれば、俺ももっと早く探し出せたのに」

勇吹の批難に、今度は秋がぐっと言葉に詰まる。それは正論で、今どきスマートフォンを持ち歩いていないから通報もできなかったとか、ましてや警察に届けようとしたが晄太の姿を認識してもらえずに叶《かな》わなかったのだと言い返すのは、どうも、難しい。どこもかしこも自分の方が間違っている気しかしない。

黙り込む秋を冷淡な目で見てから、勇吹が強引に、今度こそ晄太の腕を摑んだ。

「行きますよ」

「いや、あき！」

晄太は勇吹が摑んでいるのとは反対の腕を必死に振り回し、秋のTシャツを摑んだ。

「おい、無理矢理にするなよ」

秋は慌てて晄太を引き戻そうとしたが、勇吹の力が強かったので晄太が痛がるのではと思い至り、ただ言葉だけで抗議する。

「あなたには関係ない」

勇吹は少し依怙地《いこじ》になったように言って、さらに強引に、晄太を引っ張っていこうとした。と。

「うわっ」

突然強い風が吹きつけて、秋は思わず声を上げた。たった今までそよ風のひとつも感じなかったのに、突風としかいいようのないものに、面倒で放っておいたまま長くなった髪が吹き上げられる。

晄太は大丈夫だろうか、と咄嗟《とっさ》に瞑《つむ》った目を開いてみると、小さな子供は顔を上向けて大きな口を開け、大きな声で泣きじゃくっている。きっと急すぎる風に驚いてしまったのだろう。

「晄太、大丈夫——」

「うあああああああん」

見た目の年齢以上に幼く感じる泣き声が、さらに続く。晄太は両眼から一杯にぽろぽろと涙を落としていて、見ているだけで心の痛くなるような泣きじゃくり方だった。最初に会った時の比ではない。

「晄太様」

勇吹が宥めるように声をかけた途端、その声がより高く、激しくなる。

「な……何だ、これ」

その泣き声にまるで煽《あお》られるように、再び突風が生まれた。

強すぎる風はまともに立っていられないほどの勢いだ。秋は自分の体が数メートル引き摺《ず》られるように動いたことに驚きながら、咄嗟に近くにある電柱に手をついた。砂や埃《ほこり》が舞い上がって目を打ち、たまらずまた目を閉じる。

突風は次第に止むことのない強風へと変わっていき、どこかの庭の木がばさばさと激しく音を立てている。秋はただただ、暁太が心配になった。大人の自分ですらよろめくような風で、暁太が無事でいられるのか。

砂を洗おうと涙を流しながら痛む目を必死に開いた秋は、自分がまるで台風の直撃でも受けているような光景に放り込まれているのを知って驚き、そしてその中に暁太の姿をみつけて呆然とした。

暁太は秋が目を閉じる前とまるで同じ恰好《かっこう》のまま立っていた。

秋はもはや電柱にしがみついていたのに、暁太の方は、風に体を持っていかれることもなく、しっかりとその場に立って、泣き続けている。

（暁太の周りだけ――風がない……？）

まるで台風の目の中にいるように。

いや、まるで暁太がこの台風のようなものを生み出しているとでもいうように。

「暁太様、落ち着いてください！」

勇吹の方は秋のように電柱にしがみつくような無様さを晒してはおらず、しっかり自分の足で立ってはいたが、風を受けていないわけではない。それどころか、どこからか飛んできた何らかの板のようなものを腕で受けて、顔を顰《しか》めたりしている。

自分でもなぜ、と思いながら、秋には自然と、「これは暁太の仕業なのだ」ということがわかった。

晄太が嫌がって、怖がって、泣いたせいでこんな風が吹いている。

だとしたら秋がすることはたったひとつだ。

風なんてどうでもいいが、晄太が嫌な思いをしているのなら、それから守りたい。

その一心で、ますます強くなる風の中、ほんの数メートルの距離を死に物狂いで進んで、晄太の体を抱きしめる。

晄太はいやいやをするように首を振って、泣くのをやめない。我を忘れている様子だった。

「大丈夫、俺が……秋がいるから」

根気強く、晄太の耳許でそう繰り返す。

晄太がやっと、秋の存在に気づいたかのように、泣き声を弱めた。

すると吹き荒れていた風も勢いをなくす。急激に吹き始めた風は急激に収まって、あとは何ごともなかったかのように辺りが静かになる。

晄太は秋にしがみつき、しゃがんだ秋がそのふわふわの髪を撫《な》でてやっていると、不意に視界が翳った。

見上げると、不快そうな顔の勇吹が秋を見下ろしている。そんな仁王のような顔を見ればまた晄太が怯えてしまうと、秋はその頭を自分の胸に抱き込んだ。

勇吹の顔がさらに不愉快そうに歪《ゆが》む。

「余所から来た人は知らないでしょうが、その方は、あなたなんかが気安く触っていいような存在じゃないんですよ」

「ああ、知らないよ」

秋は即座に言い返した。

「そりゃこの子とは会ったばっかりで、素性なんて知らないけど。そんな顔で無理矢理どこかに連れて行こうとして泣かせるおまえよりは俺の方がマシだから、暁太が俺を頼ってるんだろ」

そう言ってやると勇吹が一瞬だけ言葉に詰まった。

それから一度息を吐き出してから、厳しい顔で秋を見据える。

「——暁太様は本来人と交わったりせず、あの御山で暮らす尊い方なんです」

勇吹は秋を見たまま、向こうの山を指さして言った。

秋は勇吹の指を追って山を見て、再び勇吹に視線を戻してから、暁太を見下ろした。

暁太は小さく啜《すす》り上げながら秋を見上げている。

「尊い方……」

「古い時代から自然に宿り、人としての形を持てるまでになったモノ。精霊とか——神様と言えばしっくりきますか」

「しっくり……」

「五浦は代々御山の守り役を任された家で、今の山守が俺です。俺は名指しで、母神様から大切にお預かりするよう暁太様を託された」

「守り役……母神……？」

鸚鵡《おうむ》返しに繰り返すばかりの秋に、勇吹が聞こえよがしの溜息を吐《つ》いた。

「まあ、わからないでしょう。わからなくて結構です。とにかく御山に御座す方々はこの土地に住む者にとって何にも代え難い存在です。だから俺が連れて帰ります。そこを退《ど》きなさい」

「嫌だ」

実際のところは、勇吹が侮るほど秋が状況を呑《の》み込めないわけではなかった。

精霊だとか神様だとか言われてもぴんとこないのだが、暁太を見ることもできなかった警察官やサラリーマン、そして先刻の凄《すさ》まじい風を体験した身にしてみれば、暁太が常識では説明のつかないような存在であることは、肌でわかる。

そしてそんなことよりも秋にとって重要なのは、暁太が勇吹に連れ戻されることを嫌がっているという事実だ。

「は？」

勇吹が威圧感を増して秋を見下ろす。

「本人がこんなに嫌がってるのに、渡せるか」

「馬鹿なことを」

鼻先で嗤《わら》われてカチンときたが、秋は自分が声を荒らげて暁太を怯えさせるのは絶対に嫌だったので、ただ相手を睨んだ。

「どのみち無理に連れて行こうとすれば、またさっきみたいなことになるんじゃないのか」

「……」

勇吹が再び言葉に詰まっている。暁太は小さく啜り上げながら秋に縋りついたままだ。

そうこうしているうちに、陽《ひ》はすっかり傾いてしまった。目立った店もなく民家ばかりの並ぶ路地は、せいぜい街灯の明かりがあるくらいで、やたらと暗い。

「おまえの家っていうのは、どこにあるんだ？」

「……御山の裾野ですが」

ここから姿が見える山とはいえ、ビルがないから近く見えるだけで、歩いてすぐというわけではない気がする。駅前にもタクシーの姿はなく、バスもたしか、一日数本というこの土地で、そこまで戻るにはきっと時間がかかってしまう。

「なら、落ち着くまで、暁太はうちに連れていく」

夜になる前に、暁太を休ませてあげたい。泣き疲れて腫れぼったい目をしている暁太を見て、秋は迷いなく言った。

「だから、何を馬鹿な」

「暁太、俺の家に来るか？」

「うん！」

涙を振りまきながら、暁太がパッと笑顔になって大きく頷いた。

そのあまりに嬉しそうな顔を見て、勇吹はまたしても何も言えなくなってしまったようだった。

「一晩だけだ。朝になったら迎えに来ればいい」

「──暁太様」

勇吹は秋を無視して暁太を説得しようと思ったようだが、暁太は勇吹の視線を逃れるようにして秋に縋っている。

「あきといっしょがいい……」

泣きそうな声を聞いて、勇吹は完全に諦めたらしい。深々と溜息をついてから、頷いた。

「……非常に不本意ですが、山神様のご意志を蔑《ないがし》ろにするわけにはいかないので」

どうやら山守とやらは、そういうルールで動いているらしい。

勇吹は色々な不満を無理矢理飲み込んだという顔で、秋に向き直った。

「完全に陽が落ちれば暁太様の力は弱まって、夜の間はただの子供になります。家に連れて行ったらすぐに寝かせてください。眠っている間は安全です」

「わ……わかった」

真剣な顔で告げられ、秋はこくこくと頷く。

「あ、食事は？　アレルギーとか……はないもんか？」

「毎朝俺が神饌《みけ》を支度していますから」

「ミケ？」

　はあ、と勇吹が大仰に溜息を吐いた。無知に呆《あき》れられているようで、秋はひどく居心地が悪い。

「直接口から食事をする必要はない、ということです。召し上がることもできますが、新鮮な水や魚、この地で採れた野菜以外を口にすると調子を崩されるので、おかしなものを差し上げるよりは何もしない方がマシだ」

　そういうもんか、と秋はまた頷く。

　勇吹が疑わしげな目で秋を見た。暁太を預けて本当に大丈夫か、と思っているのがありありとわかる。

「とにかく家に連れて帰って、すぐに寝かせる。それでいいんだろ」

　秋にぎゅっとしがみついて目を合わせようとしない暁太を見てから、勇吹も頷いた。

　じゃあ行こう、と暁太に声をかけようとした秋は、相手が自分にしがみついているのではなく、もたれ掛かっていることに気づいた。秋の脚に預けた頭がぐらぐら揺れている。どうやら眠たくなってきたようだった。

　起こすのも可哀想《かわいそう》なので、秋はすぐに暁太を抱え上げた。ずっしりとした重みと体の温かさに胸がぎゅっとなる。

暁太を抱えて歩き出すと、勇吹も一緒についてきた。横に並ぶわけではなく、斜め後ろを黙って歩いているので少し気まずい感じがしたが、下手に話しかけて「寝ているならその間に連れて帰る」とでも言われたら藪蛇《やぶへび》なので、秋も何も言わずにおいた。

全員無言のまま歩き、しばらくして、祖父母の家の前まで辿り着く。

「それじゃあ、明朝」

勇吹は門の前で立ち止まってそれだけ告げると、秋が何か答える前に、さっさとその場から離れていった。

彼は彼で家に戻るのだろう、山の方へ向かっている。

秋は何となく、勇吹の後ろ姿を見遣《みや》った。暗い山は夕方よりも大きく見えて、そちらへ白い作務衣が吸い込まれるように消えていく様子が、妙に印象的だ。

「……んん」

腕の中で暁太が身動《みじろ》ぐ。小さい子供とはいえ、多分十五キロくらいあるものを抱え続けていたから、勇吹の手前平気なふりをしていたものの、そろそろ腕が限界だ。

それでも気合いで暁太を抱えたまま鍵を開けて、玄関から家の中に入る。とりあえず居間のソファに暁太を下ろした。

「……」

見下ろすと、目を閉じた暁太はすやすやと健康的な寝息を立てている。あどけない表情を見て、秋は知らずに頬が緩んだ。

それから、ソファに寝かせっぱなしにするわけにはいかないので、急いで布団を探しにいった。秋が寝起きしているのは客間で、その押し入れを見ると、使っているもの以外にもうひと組布団がある。

しかし客間は自分の脱いだままの服などで散らかっていて、さすがにここに暁太を寝かせることには抵抗を感じた。

いっそ居間に敷くかと、布団を抱えて暁太のところへ戻る。

「あれ、起きちゃったか」

暁太はソファの上に身を起こして、きょろきょろと物珍しそうに部屋の中を見回していた。秋が声をかけると振り返って、嬉しそうに笑う。

「今、布団敷くからな」

秋はソファのそばに客用布団を広げる。シーツを敷くためばさっと大きく広げたら、暁太がなぜか目を輝かせた。面白がって敷き布団の上に乗り、自分もシーツの端を摑んで、ばさばさと腕を上下に動かしている。

「こらこら」

秋が笑って咎めても暁太はやめようとしない。本気で怒っているわけでもないので、秋は暁太の好きにさせた。自分も一緒になってシーツをばさばさやると、暁太が楽しそうに笑い声を上げるから、嬉しくなってしまった。

が、いつまでも遊んでいては布団が敷けない。

「暁太、そっちの端を、ほら、こうやって」

秋が手本を示しながら声をかけると、暁太は案外素直に遊ぶのをやめ、秋に倣ってシーツの端を布団の端の方に引っ張って、その下に押し込んだ。

「そうそう、上手だな」

褒めたらまた嬉しそうに暁太が笑う。あとは枕とタオルケットをセットしたら完成だ。

「本当に腹は減ってないか？」

秋が念の為訊ねると、暁太が少し考えるように首を捻《ひね》ってから頷いた。

「じゃあ朝まで、ここで寝てような。朝になったら……あの勇吹って人が迎えに来るから」

暁太にというよりは自分に対して言い聞かせるように言った秋に、暁太がほんの少しだけ唇を尖《とが》らせ、拗《す》ねたような顔になる。

「やっぱり勇吹のこと、怖いか？」

暁太はまた少し考え込んでから、小さく首を振った。

「そっか」

秋は安堵《あんど》したような、少し寂しいような、おかしな気分を味わわされる。怖いと泣かれたら、意地でもこの子を勇吹に返したりしないのに。

「いぶきは、いいひと。やさしいひと」

あんな威圧感だらけの男が優しいとは、秋には到底思えない。まあ、晄太に対しては優しいのだろう。

「──布団入って。電気は消した方がいいか？」

「あきは」

布団をめくって中に入るよう促すが、晄太は動かず、秋に訊ねてくる。

「あきもねる」

どうやら一緒に寝ようと言われているらしい。秋は慌てた。

「いや、俺は……その、今日まだ、というか面倒臭くて二、三日以上、風呂入ってないし……」

もしかしたらこのくらいの歳の子は、まだ一人で寝られないものなのかもしれない。いや人ではないのかもしれないし、ひょっとすると見た目通りの年齢でもない可能性はあるが、何であれ、入浴すらサボっていた自分が同じ布団に入るなんて、言語道断だ。

「あきも、ねる」

晄太が頑固に言い張って、ぱんぱんと布団を小さな掌で叩いた。

「う、うーん……」

晄太はもううっすらと目に涙を溜め始めている。ここで自分が立ち去れば、またあのものすごい風が吹いたりするのだろうか。

（さすがに家の中であれをやられたら、まずい）

秋は祖父母の家を任されている立場なのだ。家具や、下手したら家そのものが壊れるようなことは避けたい。

「困ったな……あ、でも、晄太も風呂に入らないとか」

すっかり頭が回っていなかったが、晄太の目が覚めているのなら、ちゃんと風呂に入れてやるべきなのかもしれない。

そして多分、このくらいの歳の子供を一人で浴室に放り込むわけにもいかない。

「じゃあ、一緒に、入るか……？」

晄太がこくこくと頷いた。

小さな子供を風呂に入れたことなんて勿論《もちろん》ないが、まったくの赤ん坊という歳でもないのだろうし、大丈夫だろう。

秋はとりあえず風呂場に向かった。晄太もちょこちょことついてくる。

祖父母の家の風呂は幸いなことに、ボタンひとつで給湯できるタイプだった。体を悪くした祖母の介護のため、あちこちがリノベーションされていて、部分的にだが見た目の古さよりもずっと新しく便利にできている。湯を溜めている間に、秋は自分と晄太の着替えを支度した。

といっても子供用の服なんて当然あるはずもなかったので、悩んだ挙句、まだ着ていない自分のシャツを寝間着代わりにしてもらうことにする。

暁太は大人しく風呂に入ってくれた。子供の頃に飼っていた猫を洗うよりも百万倍楽な作業だった。頭から湯をかけても嫌がらず、シャンプーの時はくすぐったいのか笑い声を上げて少し身を捩《よじ》るくらいで、顔は自分で洗っていた。

秋も手早く自分の体を洗い、湯に浸《つ》かってから、二人ともすっかり綺麗になって風呂を出る。

暁太はドライヤーも平気なようで、温かい風を当てると気持ちよさそうに目を閉じていた。

久々に風呂に入ったせいか、秋は急激な空腹を覚えた。バタバタしていたのですっかり失念していたが、そもそも腹が減ったので外に出かけようとしていたのだった。そういえば、肝心の買い物をしていない。

「今から何か買いに行くのも……」

居間の壁時計を見ると、七時過ぎ。秋にとってはまったく遅い時間ではないが、暁太を置いていくのは不安だし、ぶかぶかの綿シャツを無理矢理体に巻きつけてあるような子供を連れ歩くこともできない。突風のせいか暁太の着ていた物は砂まみれだったのですべて洗濯機で洗ってしまった。よって暁太は今、下着を着けていない。剝《む》き出しなのも何だなと思ってフェイスタオルを腹巻きのように巻きつけてあるが、たとえ誰にもこの子供の姿が見えないとしても、秋の良識が「その恰好で外に連れていくのは大人としてどうなのか」と叫んでいる。それに勇吹にも、陽が落ちたら外に出さないよう言われたのを思い出す。

「……米は、あったっけ」

食堂と間続きになっている台所に移動して辺りを調べたら、米櫃《こめびつ》に白米がたっぷり入れてあった。あとは梅干し。たしか祖父母は毎年庭の梅を自分たちで漬けていたから、それかもしれない。いつのものかわからないが、昔祖父が「うちのは塩だけを使った白干し梅だから、百年先でも食べられるぞ」と言って笑っていた。試しにちょっと千切って口に入れてみたら、気を失いそうなしょっぱさだったので、祖父の言う通り腐りもせずまだ食べられるものなのだろう。

(勇吹って奴《やつ》、この土地のものなら暁太が食べても大丈夫……って言ってたか?)

炊飯器もまだ使えるようだったので、急速炊飯でセットして、その間に祖父母がやっていたのを思い出しながら梅干しの塩抜きをする。探し出したボウルに水をたっぷり入れて、梅干しを二つだけ入れ、塩もひとつまみ。たしか水に塩を入れた方が浸透圧でうまく塩抜きができるはず。

暁太は食卓の椅子に座らせておいたが、そこから楽しそうに秋の様子を眺めている。

台所は食べっぱなしの皿やカップ麺の空き容器などで惨憺《さんたん》たる有様だったので、米が炊けるのを待つ間に片づけた。一人だったらきっといつまでも放置し続けただろうが、暁太がいるのに汚しっぱなしにはできない。

米が炊き上がるまでの三十分弱で、台所はそこそこ綺麗になった。最後に食卓を拭き上げようとしたら、晄太が秋の手にする台ふきんに手を伸ばす。

「ん？　――手伝ってくれるのか？」

晄太はこくこく頷いて秋の手から台ふきんを受け取り、せっせと食卓を拭き始めている。

（……あ、やばい。泣きそう）

晄太は自分の手の届く一部分を台ふきんで撫でるだけで、食卓はちっとも綺麗になってはいなかったのだが、そんな子供の姿に秋は目を潤ませた。

会社絡みのあれこれで涸《か》れ果てていた心に、澄んだ水が注がれて生き返るような心地だ。

米が炊き上がり、秋は少し考えてから、大きいのと小さいのと二つおにぎりを作った。

「晄太も食べるか？」

秋がおにぎりを作る様子をわくわくとみつめていた晄太が、嬉しそうに、ぶんぶんと首を縦に振る。

「あんまり長い時間塩抜きできなかったから、梅干し、ちょっと酸っぱいままかもしれないけど……」

晄太の分は梅干しをちょっとだけ。椅子に座らせ直しておにぎりを渡すと、晄太は両手で受け取って、おいしそうに炊きたての米で作ったおにぎりを頬張った。

梅干しにあたると目一杯「すっぱい！」という顔で目を閉じるのが可愛くて、晄太はスマホを手許に置いておかなかったことをひどく悔やんだ。

（明日帰っちゃうなら、記念に画像くらい残しておきたい）

そう思って、自分もおにぎりを食べてから、客間の布団や脱ぎ捨てた服をひっくり返してスマホを探し出した。充電が切れていたのでモバイルバッテリーに繋《つな》ぎつつ食堂に戻ると、小さなおにぎりを食べて満足した様子で椅子にもたれかかっている暁太の姿を、カメラに収める。

ついつい何度もシャッターボタンを押してしまった。

「──あ」

撮った画像を確認しようとした秋は、大きく目を瞠った。

映っているのは食卓と椅子ばかりで、暁太の姿は見えない。どういう仕組みなのか、秋のシャツも、腹に巻いてやったタオルも映っていない。

「……おまえ、本当に、人ではないんだなあ」

不思議な気分で一杯になったが、怖ろしくはない。もしかしたら『畏れ』の方の気持ちは持たないといけないのだろうか。そうじゃないから勇吹は秋に対して冷淡だったのかもしれないが、それでも秋は、暁太がただ可愛かった。あとはもう、写真に残せないことがひどく惜しい気分だ。

せめて暁太の感触や気配だけは覚えておきたい。秋はきょとんとしている暁太を抱き上げて、居間に敷いた布団に戻った。

暁太と一緒に布団に潜り込む。

晄太は当然のように秋にくっついて、気持ちよさそうに目を閉じた。

（離れるのは、嫌だなあ）

温かい晄太の体を腕に抱き込みながら秋はそれだけを繰り返し思い、すうすうと小さい寝息を聞くうち、いつの間にか自分も心地よい眠りについていた。

こんなにも深くぐっすりと眠るのは、秋にとって数年ぶりのことだった。

2

勇吹《いぶき》は朝来ると言っていたが、実際現れたのは早朝というか、夜明けと言った方がいいような時間だった。

せっかく暁太《こうた》を腕に抱いて気持ちよく寝入っていたというのに、乱暴にドアを叩《たた》く音で起こされてしまった。

「――ずいぶん、早いな」

寝惚《ねぼ》け眼を擦《こす》りながら、秋《あき》は玄関先に現れた勇吹を仏頂面で見遣《みや》る。

今日の勇吹は、昨日と違ってシンプルな白いシャツにグレーのスラックスという、至極一般的な衣服を身につけていた。

「これでも充分我慢しましたよ」

取って付けたような笑顔で勇吹が言う。

「あき……?」

自分以上に眠たそうな声がして、秋が振り返ると、しょぼしょぼした目の暁太が廊下を歩いてくるところだった。

「……!?」

秋の背後で、勇吹が息を飲む気配がした。

「な……っ、何て恰好《かっこう》を」

晄太は寝ているうちにシャツが脱げてしまったようで、タオルを腹に巻いただけの状態になっていた。

「ああ。腹、冷えちゃうな」

ついさっきまで布団の中で秋が抱き込んでいたので、寝ていた間は大丈夫だったと思うが。

「お邪魔します！」

勇吹は履いていた靴を脱ぎ捨てる勢いで家の中に上がり、手にしていたカバンから新しい、真っ白の浴衣《ゆかた》を取り出して猛烈な勢いで晄太に着せた。秋が感心するような慣れた手つきで、あっという間に兵児帯《へこおび》まで巻き終えている。

「下着は!?」

「あ、乾いたかな」

昨日晄太が着ていたものは、洗って脱衣所に干したままだ。乾いていることを確認して秋がそれを持って戻ると、勇吹が引ったくるようにして下着を奪い、晄太に穿《は》かせていた。

ひととおり晄太の身なりを整えると、勇吹がほっとしたように息を吐いた。

「――寝かせるだけでいい、と言ったつもりでしたが」

それから、冷たい眼差《まなざ》しを秋に向けてくる。

「風呂に入れて、おにぎりをあげただけだよ」

言ってから、秋は「しまった」と思ったが遅い。勇吹が顔色を変えている。

「食事も⁉」

「ええと、この土地で採れたものならいいんだろ。米は母親がこの近所の米屋で買ってきたって言ってたし、梅干しはうちで祖父母が漬けてたから……」

「暁太様、どこか、お加減の悪いところはありませんか？」

勇吹は秋の言い訳を無視して、暁太に呼びかけている。暁太はただ笑っただけだが、どう見ても具合が悪い様子はない。

「……まあ、いい、土地の物なら暁太様にはむしろ力になるので。とにかく、暁太様は連れて帰ります。さあ、行きましょう」

秋に背を向けたまま、暁太の前にしゃがんでいた勇吹が立ち上がる。

が、暁太はその場を動こうとしなかった。

「ここにいる」

「――暁太様」

「あきといる」

昨日とまったく同じ状況だ。

「こんな余所者《よそもの》の、どこがそんなに気に入ったんですか」

暁太に問いかける勇吹の口調は、どこか途方に暮れたような響きになっているようにも聞こえた。

「この男はろくに山神様のことなど知らないし、敬ってもいません。そんな人間のそばにいて、暁太様にいいことがあるはずもないですよ」

秋本人を目の前にして、勇吹は言いたい放題だ。しかし、秋に山神様とやらが何なのかわからないのは事実だった。普通の子供にしか見えないが、急に風を吹かせることができたり、カメラで姿を捉えることはできなかったりする、不可思議な存在。

（いや、普通の四、五歳児の生態だって、俺にはさっぱりなんだけど……）

勇吹の方が、きっと秋よりはるかに暁太の面倒を適切に見ることができるのだろう。

が、勇吹に腕を摑《つか》まれて、暁太はまた昨日のように泣き出しそうだ。

「無理に連れて行こうとしたらまずいんじゃないか。というか、また昨日みたいなことになってうちを壊されたら、困るんだけど」

「じゃあどうしろと？」

暁太を外に連れ出そうとしている勇吹に秋が言うと、険のある眼差しを向けられた。

「とにかく、暁太様の世話をするのは山守《やまもり》たる俺の仕事であり、使命であるので。余所者は引っ込んでいてください」

勇吹はそう言い放ち、暁太を力尽くで引っ張っていこうとしたようだが、叶《かな》わなかった。

「ふぇ……」

嫌がる暁太が泣き始め、結局昨日と同じように、家の中にもすさまじい風が吹き始めたのだ。

「だからやめてくれよ、人の家だぞ⁉」

物のない廊下だったのは幸いだが、玄関に置いてあった靴や草履は風で跳ね回っているし、靴箱の上の花瓶は三和土《たたき》に落ちて粉々だし、これ以上強い風が吹いたら玄関ドアが吹き飛ぶどころか、壁まで壊れるのではというほど、あっという間に勢いが増していく。

「こうたは、あきと、ここにいる！」

泣きながらそう主張する暁太に、結局勇吹が折れた。

「わかりました……暁太様のお望みの通りに……」

悔しさを滲《にじ》ませながら言う勇吹が多少気の毒ではあるが、それで暁太が泣き止《や》んだので、秋は心から安堵《あんど》した。

勇吹は数秒額を押さえて俯《うつむ》いていたが、何とか気持ちを整えたようで、顔を上げた時にはまた取って付けたような笑顔になっていた。

「その代わり、毎日様子を見に来ますから。余所者に任せっぱなしにするわけにはいきませんので」

余所者、という言い方にかなりの棘《とげ》を感じるものの、そこは当然だろうと思って、秋は特に抵抗なく頷《うなず》いた。

「昨日も言いましたが、晄太様に食事は必要ありません。昼間は外にいて構いませんが、陽《ひ》が暮れたら家の中に連れ戻してください。着替えは後で改めて届けに来ますから、くれぐれも、さっきのような恰好で外を歩かせたりしないでくださいね」

「するつもりはないけど。……ただ、晄太の姿って、他の人にも見えるのか？」

気になっていた部分を、秋は勇吹に訊《たず》ねた。

「昨日、交番に連れて行った時、そこにいた警官には晄太が見えないみたいだった。通りすがりの人も同じだ」

「ではどちらも町の者ではなかったんでしょうね」

勇吹の答えはあっさりしていた。

「山神様を知らない者、信じていない者にその姿を知覚することはできません」

「……なら俺は、どうして晄太の姿を見ることができるんだろう……」

「さあ、知りません」

顔は笑っているのに対応が素っ気ない。晄太がこの家に残ることが、勇吹にはよほど気に喰《く》わないのだろう。

「さっき昼は外にいて構わないと言いましたが、晄太様は今、修行の一環として俺やこの町の者との交流を求められています」

「修行？」

「今は母神様が他の神々を束ねて山に御座しますが、近々代替わりがあります。長く務められた母神様に代わって晄太様が立派な山神様になるため、人の心をよく知るようにというのが母神様の願いです」

「具体的に何をするんだ？」

「何をこうしろという指図はありません。ただ、人の子のように俺と一緒に暮らす中で、何かしら得られるものがあればと、母神様はお考えになられているようです」

体験学習とか、ホームステイとか、そういう感じだろうかと秋は何となく把握する。

「半年ばかり、山から下りて俺の家にいらっしゃいましたが、目先を変えてみるのも悪くはない——と無理矢理自分を納得させてはみるので、くれぐれも、晄太様に失礼のないよう振る舞ってくださいよ」

「ええと、何か拝んだりとか……祀《まつ》ったりとか……？　した方がいいのか？」

神様の扱いなんて、秋にはさっぱりわからない。

「そういうのは俺の仕事です。ド素人にそんなことはこれっぽっちも求めてないので、どうぞご安心を」

笑顔で言い放つ勇吹の言葉選びにはカチンときたが、やれと言われても困るので、秋はたしかにほっとしてしまった。

「無知な余所者にわかるように言えば……そうだな、会社の上司の子供を預かった、とでも思ってもらえればいいのかもしれませんね」

会社の上司、と勇吹が言ったのを聞いて、秋は途端に気が重くなった。

譬《たと》え話でしかないとわかっているのに、実際の上司からかけられた言葉や向けられた仕打ちを思い出して心と体がかすかに竦《すく》む。

「――小沢《おざわ》さん？」

目を伏せる秋を見て、勇吹が怪訝《けげん》そうな表情になる。

「あき」

秋が絞り出すような溜息《ためいき》を吐《は》き出した時、晄太がぎゅっと脚にしがみついてきた。

「だいじょうぶ？」

心配そうに見上げる晄太を見ていたら、フッと、急に心も体も楽になった。秋は自然と笑みを零《こぼ》す。

「大丈夫、ありがとう」

笑って晄太の頭を撫《な》でたら、喩《たと》えようもなく嬉《うれ》しそうな笑みが返ってきて、冷えた全身に温かいものが巡る感覚がして秋はほっと再び息を吐いた。

それから、勇吹がなお訝《いぶか》しげに自分を見ていることに気づいて、焦る。

惨《みじ》めだった自分の会社員時代を他人に、しかもこの勇吹に知られるのが嫌で、必死に愛想笑いを浮かべる。

「怪我とか病気とかさせないよう、ちゃんと気をつけるよ。年の離れた弟がいるから、まったく勝手がわからないってわけでもないし」

弟とは割合歳《とし》の差があるが、向こうが五歳くらいの頃の記憶など正直ほとんど残っていない。

が、勇吹を安心というか納得させるためにも秋はそう告げた。

「……昼間のうちは、晄太様より周囲の人間の方に気をつけてください」

しかし勇吹はあまり安心した様子もなく、真面目な顔になってそう言った。

「周囲の――ああ、昨日みたいなことがあるってことか？」

思い至って言う秋に、勇吹が頷く。

「晄太様の感情はまだ幼くて、うまくコントロールすることができません。感情と力が連動して、晄太様自身にも止められなくなる。それを制御するための修行です」

「なるほど……」

泣いて嫌がって周りの人を傷つけたり、ものを壊したりしないよう、トレーニング中ということか。

「できる限りご機嫌を損ねないよう、万が一の時には周囲にいる人を遠ざけて、小沢さんが身を挺《てい》して止めてください。人を守ることが、晄太様を守ることにもなりますので」

「わかった」

暁太は優しい子だから、自分の力が他人を傷つけたりしたら、悲しんだり悔やんだりするだろう。そんなことはあってはならないと、秋だって思う。

「それでは陽が落ちた頃にもう一度、着替えなどを届けに来ます」

「そんなに遅くていいのか？」

荷物を取りに帰ったら、すぐにまた戻ってくるのかと思っていた。勇吹は暁太の世話をするのは自分だという自負があるようだから、何ならそのあと家に居座り続けても不思議ではない気もするのに。

「小沢さんに丸投げするような真似《まね》はせず、ここに居座りたいのは山々ですが、今日は仕事の約束があるので」

「山守の仕事？」

暁太の世話をする以外にもやるべきことがあるのだろうか。訊ねた秋に、勇吹が頷く。

「とにかくまた来ます。大変不本意ではありますが――暁太様を頼みます」

秋に向けて頭を下げてから、勇吹が廊下にバラバラに落ちていた自分の靴を拾いつつ玄関に向かう。

「ばいばい」

暁太が秋の脚に片腕で抱きつきながら、勇吹に向けて手を振っている。

振り返って笑う勇吹の顔は優しくて、秋に向ける上っ面の、慇懃無礼《いんぎんぶれい》としかいいようのない笑顔とはまったくの別ものだった。二重人格かよと疑いたくなる。

「あき、おにぎり」

出て行く勇吹の背中を見ながら秋が鼻の頭に皺《しわ》を寄せていると、晄太に手を引っ張られた。どうやらゆうべのおにぎりがお気に召したらしい。

食事は必要ないというが、食べたいのだったら食べさせても構わないだろう。

「じゃあ、朝ごはんにしようか」

「うん」

秋は晄太と手を繋いで、朝食の支度をするため台所へと向かった。

◇◇◇

改めて見ると、祖父母の家はすっかり埃《ほこり》まみれだった。

それに秋の使っていた客間は散らかっているし、『神様』を迎え入れるにはあんまりな状態だと思い至って、朝食のあとは掃除や洗濯を試みることにする。

「昨日まで全然気にならなかったけど、ひどいなあ」

家中空気が籠もっていて、何となく黴《かび》臭い場所もある。秋は片端から窓を開けていった。

暁太も秋について回って、そばで掃除の様子を見ている。はたきをかけてみたら自分もやりたがったので、暁太を抱き上げて天井辺りの埃を落としてもらったりもした。

動き回るうちに空腹を覚えて、時計を見ると、もうじき昼という時刻になっている。

「おにぎりばっかりでも何だし、買い物に行こうか」

「いく！」

暁太はひどく嬉しそうにぴょんと跳ね上がった。

さすがに今日は、梅干しのおにぎりだけで足りる気がしない。それに、勇吹には必要ないと言われていたが、食事をする暁太があまりに可愛《かわい》く楽しそうだったので、もっといいものを食べさせてやりたい欲が止められない。

（商店街に行ったら、また変な目で見られるかもしれないけど……）

彼らには暁太の姿が見えるのだろうか。勇吹の話なら、『山神様を信じている町の者』には見えるらしい。だとしたら、『余所者』なんかが『山神様』を連れていることを咎《とが》められはしないか。

「あき、そと、いく」

動きを止めた秋を見上げて、暁太が首を傾《かし》げている。

（まあいいや、暁太は出かける気みたいだし）

早く行こうとねだるように自分の腕をひっぱる暁太を見ていたら、秋はいろんな懸念がどうでもよくなってしまった。

買い物の支度をして外に出る。

昼少し前だからだろうか、通りに人の姿は見当たらなかった。少しは緊張しつつ、暁太と手を繋いでいればずいぶん安心して、秋は子供の歩幅に合わせてのんびり歩いて行く。

すずかけ商店街の看板が見えた。

しかし看板をくぐる手前で、母親よりもう少し年上に見える女性に声をかけられ、秋はびくっと足を止めてしまう。

「ねえ、あなた――」

女性の目は、明らかに暁太のいる辺りに止まってから、秋を見上げた。

「あき。ひがみあき」

秋が何か言おうとするより先に、暁太が女性に向かってにこにこしながら言った。

「ひがみ？　ああ、もしかして、南町の樋上《ひがみ》さんのところのお孫さん？」

女性は祖父母のことを知っているようだった。近所に住んでいる人なのだろうか。

「はい、祖父母がお世話になったでしょうか」

樋上ではなく小沢です、とは言わずにおくことにして、秋は愛想よく微笑《ほほえ》みながら頷いた。

「うちがお世話になったのよぉ、よく梅干しとか、干し椎茸《しいたけ》とかいただいてね。あなた樋上さんにそっくりねえ、おばあちゃんにも目許《めもと》が似てるかしら」

秋に最初声をかけた時はどことなく怪訝《けげん》そうだった女性は、急に相好を崩した。

「五浦《ごうら》の勇吹さんと別の人が晄太様を連れているから、どうしたのかしらって思っちゃったんだけどね」

――女性には、やはり晄太の姿が見えているらしい。

「いぶきは、しごと。こうたは、あきといる」

「まあ、それじゃあ勇吹さんの庵《いおり》にお一人でいらっしゃるより寂しくなくてよかったですねえ、晄太様」

女性は嬉しそうにしている。これまでは勇吹が出かける時、晄太は家で留守番をしていたのかもしれない。

「晄太様をよろしくお願いしますね、秋さん」

祖父母の為人《ひととなり》を知っているせいだろうか、女性は秋を余所者扱いせず、丁寧に頭まで下げている。

「あら晄太様、こんにちは」

「おっ、晄太様、今日はお散歩ですか？」

そして店の人や客たちは、晄太をみかけると当たり前のように挨拶をしてくる。

昨日同様、秋に対しては最初訝しむように視線を向けてくる者がほとんどだったが、晄太がいちいち「ひがみあき」と紹介してくれるので、助かった。最初に声をかけてくれた女性と同じように、「五浦の勇吹さんの代理」として、秋はあっという間に商店街の人々に受け入れられたようだった。

そして店の人たちは、商品を買おうとしても秋から金を受け取ろうとしなかった。むしろ、買う予定のないものまで無料でどんどん渡してくるので、秋は慌てる。

「いや、でも、俺も食べるものですから」

「いいの、あなた、勇吹さんと一緒に暁太様のお世話をされてるんでしょ?」

自分の立場をどう説明したらいいのかわからず、そもそも説明した方がいいのかも判断できず、秋は曖昧にただ笑った。

「この土地で採れた野菜はもともと山神様たちのものなんだから、お返しするだけよ」

みんな暁太の――山神様という存在を当然のように受け入れて暮らしているらしい。

この土地においては、どちらかというと、昨日出会った警察官やサラリーマンの方が特殊なのかもしれない。

「よかったら勇吹さんにもお渡ししてくださいね」

勇吹に対しては、彼よりずっと年配の人たちが『勇吹さん』と呼び、彼のことを語る時は丁寧な口調になる。

(すごい、全幅の信頼ってやつだな)

暁太の、勇吹のすることに絶対に間違いはないと信じているようだ。おかげで秋自身は何もしていないのに、余所者から立場が一転したらしい。

例の突風を目の当たりにした時より、今の状況の方が、山神様という存在を強烈なもののように感じられる。

小さな商店街の端から端まで歩く頃には、秋は両手一杯に野菜だの、卵だの、乾麺だの、酒だの、みりん干しだの、洗剤だの、タオルだの、自分でも把握しきれないほどの荷物を持っていた。

「こうたも」

暁太も荷物を持ちたがったので、園芸店でもらった花束を渡した。花を抱える暁太があまりに可愛らしかったので、ついついスマートフォンのカメラを向けてしまってから、その姿が画像には収まらないことを思い出し、秋は改めて「本当に不思議な存在だし、不思議な土地なんだな」と思った。

それらすべてをほとんど抵抗なく受け入れている自分もまた、秋には不思議だ。

「暁太、お昼、何食べようか」

天気がよく風も心地よかったので、秋は散歩がてら少し遠回りしながら帰ろうと決め、行き同様のんびり歩きつつ暁太に訊ねる。

「おにぎり」

「おかずは？」

「にら」

「ニラかあ。ニラ玉とか、作れるかな……」

晄太はどうも長い言葉をまだ喋《しゃべ》れないようで、拙《つたな》く単語だけを口にすることが多い。それで意思疎通にまったく支障はなかった。

商店街から少し離れた住宅街を祖父母の家に向けて通り抜ける最中、晄太がふと、自分たちの進む先を指さした。

「いぶき」

「え?」

言われて目を向けると、たしかに二、三十メートル向こうに勇吹の姿があった。民家の門から路地に出て、門の中にいるらしき誰かと話をしているようだ。

(何だ。めちゃくちゃ愛想がいいじゃないか)

勇吹は門の中の人に向け、親しげな笑みを浮かべている。秋に対する、綺麗《きれい》だが慇懃無礼としかいいようのない、他人行儀な笑顔とはまったく質が違う。

(そりゃ、俺は昨日今日会ったばっかりの『余所者』だけどさ)

しかしあまりの落差に秋は少々気を悪くする。裏表がありすぎだ。

何となく仏頂面になる秋がそばに辿《たど》り着く頃には、勇吹は会話を終えたのか体ごとこちらを向いていた。

「暁太様」

勇吹の視線は暁太だけを捉えている。先刻までとはまた違う、尊敬と愛情を備えた優しい笑みを浮かべていた。

「いぶき、しごと」

「はい、仕事でしたが、今ひとつ終わりました。花をいただいたんですか？」

「はい」

暁太が花束の中から一本抜き出し、勇吹に差し出す。

「え……」

勇吹はなぜか、ひどく面喰らったように目を見開いた。

「俺に？」

「はい」

「――」

勇吹は片手で口許を押さえ、目を潤ませながら花を受け取った。

（お、大袈裟《おおげさ》な……まあ気持ちはわかるけど）

暁太の愛らしさに感動が溢《あふ》れてしまったのだろうか。先刻思わず暁太の姿を画像に残そうと、自分だって似たような反応になっていたのかもしれないので、黙っておくことにする。

勇吹の様子もそれはそれで可愛く見えてしまい、先刻は町の人と自分への態度の落差にイラッとしたはずが、今は単純に面白くなった。

それで急に機嫌が直った自分が、秋にも謎だが。

「仕事って、何をやってたんだ?」

だからそこそこ友好的に訊ねてみると、

「——ああ、小沢さんもいたんですか」

勇吹はそこで初めて秋がいることに気づいたかのように言って、わざとらしく微笑んだ。

(この野郎)

やはり暁太や町の人に対する時とはまるっきり質の違う表情だ。嫌味があからさま過ぎる。

「風呂場の電灯がよく切れるというので、こちらのお宅に伺っていたんです」

「山守っていうのだけじゃなくて、電気屋とか便利屋なんかもやってるのか?」

ここで露骨に不機嫌になると、勇吹の思うままになる気がして悔しいので、秋も微笑み返しながら言う。

嫌味が通じたらしく、笑う勇吹の眼差しだけ冷たくなった。

「山守の仕事の一環です。あまりに頻繁に電球が駄目になるので、孫の不信心のせいで罰《ばち》が当たったのじゃないかと心配されて」

「ああ……そういうことも起こるのか、ここって」

神様がいるのだ、神様の罰が当たったって不思議ではないのかもしれないが、実感が湧かない。皮肉合戦は中断して、秋は曖昧に頷いた。

「山神様は人間に罰なんて当てませんよ」

だが今度は、勇吹の声まで冷ややかになった。

「母神様や晄太様は人間如《ごと》きにああしてやろう、こうしてやろうといちいち考えたりしません」

「へえ……」

そう言われても、秋にはやはりいまいち、ぴんとこない。

「でも罰が当たったたって思う人がいて、おまえが呼ばれるんだから、山神様っていうのの意思とは関係なくても、何かしらの不都合は起こるっていうことか？」

「——まあ、そういうことがなくもありません。山神様たちは自然を愛する者を自分たちの子とみなして守ろうとするから、危険がある時に何らかの形で警鐘を鳴らしてくれたり、逆に不道徳な者に関しては手助けをせず放っておくことがある」

「なるほど……」

信仰の薄い人間に積極的に罰を当てることはないが、守るつもりもないということのようだ。

「で、この家の人は実際に『不道徳』だった？」

「いや。単に配線の問題でした。先に、それこそ電気屋を呼んでいれば、もっと早く原因がわかって修理も終えられたでしょうね」

そこで勇吹がほんのわずかに苦笑を浮かべた。

「珍しいことではないんですが。信仰があるからこそ、ここの土地の人たちは少しでもよくないことがあれば、山神様と結びつけてしまうきらいがある」

「そういうもんか。でもまあ悪いことをしたせいじゃなくて設備のせいだってわかったなら、よかったたな」

「お孫さんに対しては、うちの庵に持っていくはずの供物《くもつ》を摘まみ食いしたせいだっていうことにしてほしいと言われましたけどね。——あまり山神様をだしに使われるのは嬉しくないいんですが、それもまた役割のひとつではありますし、おかげでこの辺りは極端に犯罪発生件数が少なかったりもするので」

そういうもんか、と秋はもう一度呟《つぶや》いた。晄太は自分のことを話しているのをわかっているのかいないのか、きょとんとした顔で秋を見上げていて、目が合うと弾《はじ》けるように笑った。

秋がついそのふわふわの頭を撫でると、パシッと勇吹に手を払われた。

「何だよ?」

「人に見られるので晄太様に気安く触れるのはやめてください。信仰の対象なんですよ」

口で言うより先に叩くように手を払われたのにはむっとするが、たしかに今聞いた話のように土地の人たちが山神様の力を信じているのであれば、自分の態度は『不敬』にしか見えないのかもしれない。

それがわかったから、秋はしぶしぶながらに文句も言わず手を引っ込めた。

「で、仕事っていうのは他にもあるのか」

「夕方にもう一件」

「昼飯は？」

「これからです」

「俺と晄太はこれからなんだ。うちで一緒に食べるか？」

「――え」

勇吹が意外そうな顔になった。誘われるとは思っていなかったらしい。

「その代わり、荷物半分持ってくれないか。段々重みがキツくなって」

気軽に散歩がてらと遠回りしていたが、勇吹と立ち話をしている間にどんどん腕が重たくなってきた。昨日まで長らく部屋に引きこもって、ろくな運動どころか歩くことすらやめていたのだ、思った以上に体力も筋力も落ちている。

勇吹は今度は呆《あき》れたような表情に変わったものの、じっと自分を見上げる晄太を見返してから、仕方なさそうに息を吐いて、秋の手から野菜のたっぷり入った袋を取り上げた。

「街の人から晄太様のためにいただいたものでしょうから、まあ、運びますよ」

「助かる」

トマトやカボチャなどの重たい夏野菜が入った袋から解放されて、秋はずいぶん楽になった。

秋が苦労して何度も持ち替えつつ運んでいた袋を、勇吹は軽々手にして歩き出した。

「何か運動とかやってるのか?」

白いシャツから伸びる勇吹の腕は、細身だが筋肉質だ。

「子供の頃から修行の一環で、武道は一通り。——小沢さんは運動とは縁遠いようですね」

横に並んだ秋の体をちらりと見て、勇吹が言う。

「悪かったな」

勇吹に比べたら棒切れみたいな自分の腕に目を落として、秋は苦い心地になった。中高生の頃、活発に部活動に励んでいた自分なんて、もう思い出せない。

(もしかしたら勇吹は、俺がどうして祖父母の家にいるのか、知ってるんじゃないのか?)

それに気づくと居心地悪い気分になってくる。この辺りのことは何でも知っている、というようなことを勇吹は言っていなかったか。先刻の商店街で、街の人たちはみんな親しげだった。樋上の名前を聞けば、すぐに祖父母のことに思い当たる人たちばかりだった。叔父は、母は、自分のことを周りに話してはいないだろうか。そうじゃなくても、やってきたと思ったら家に閉じこもっていた自分を不審に思って噂《うわさ》したりはしていなかっただろうか。

「——小沢さん? 具合でも悪いんですか」

いつの間にか歩みが遅くなり、立ち止まりそうになった秋に気づいた勇吹が、怪訝そうに呼びかけてくる。

ぐらぐら揺れ始めた頭の中を持て余していた秋は、それでも、指をぎゅっと小さく温かいものに握られて、自分を立て直した。晄太が心配そうに秋を見上げている。辛うじてそれに微笑み返すことができた。

「いや、荷物が重たいだけ」

「見た目以上に軟弱ですね」

そう言いながら、勇吹がもうひとつ、秋の手から荷物を取り上げた。持ってくれるのはありがたいが一言多い。

(晄太が神様っていうか天使みたいなのに、こいつは一体何なんだ)

「勇吹って、何歳《いくつ》?」

「二十三になったばかりですが」

「ふーん。やっぱり、年下だったのか」

年の差があると言うほどでもなかったのだが、わざと『やっぱり』などと強調してみせるのは、ちょっとした意趣返しだ。

とはいえ勇吹がむっとした顔になるのは意外だった。多少気を悪くするかもしれないとは思ったが、こんなにわかりやすく不機嫌になるとは思わなかったのだ。

「小沢さんは、そう見えて三十路《みそじ》を越えたりしてるんですかね」

「いや、今年で二十五だけど。えっ、そんなふうに見えるのか?」

いろいろあって疲れ果てたせいで、老け込んでしまったのだろうか。たしかに昨日風呂に入る時に改めて鏡を見て、目の下の隈《くま》はひどいし顔色は悪いし、自分でも驚いてしまったが。

焦る秋を見て、勇吹がふっと笑う。鼻先で嗤《わら》うような調子だった。

「いえ、童顔だし学生みたいな服装だし、俺より年下なんだろうなと思っていたから、驚いたんですよ」

「……」

自分から喧嘩《けんか》を売ったようなものだったが、勇吹の返しに、秋もむっとした。

が、言い返せない。身なりに興味のない学生のような恰好をしているのは図星でしかなかった。社会人になってからはスーツ以外の服を買った覚えがなく、祖父母の家に来る時に鞄《かばん》に詰めたのは、汚れても皺になってもどうでもよさそうなシャツとかよれたジーンズとか、土産でもらったはいいがどこに着ていけばいいのかわからないような妙な柄だったり文字の入ったTシャツばかりだった。学生時代にアルバイトで買ったそこそこ値の張る上等なものは、全部実家のクローゼットに保管してある。

「そのTシャツとか、都会で流行《はや》ってるんですか？　こっちじゃなかなか売ってないようなダサ……大変ユニークなロゴで」

地域名にLOVEとハートマークが描かれたシャツを見て、勇吹がわざとらしく笑いを堪《こら》える素振りを作る。

「おまえ、年下なのに生意気だなあ」

勝てる要素がそれくらいしか思い当たらず、秋は懲りもせず年下を強調して言い返す。

「誇れるところが生まれた順番だけなんて……」

勇吹は気の毒そうな顔になって秋を見る。自分でもわかっていた痛いところを突かれて、秋はさらに躍起になった。

「一年だろうがその分人生経験が多いんだから、誇れるだろうが」

「そうですね、たった一年も人生経験が豊富なんだから、ほぼ初対面の他人に向けておまえおまえと失礼な口を叩いたって許されるんでしょうね」

一を言えば百返ってきて、しかも常に笑顔なのが腹が立つ。

元々は人を軟弱扱いした勇吹を少しでもやり返したかっただけなのに。

「──おまえ、友達いないだろ」

思ったままを言ってやったら、これは思いのほか勇吹に刺さったらしい。ぐっと言葉に詰まったあと、笑顔が消えた。

「だから、何ですか。俺は物心ついた時には山守になるための修行をしていたから、他の子供の遊びにつき合う暇なんてありませんでしたし」

「え、そんな小さい頃から？」

「あき、あき」

秋が驚いていると、晄太にぐいぐいと手を引っ張られた。

「こうた」

見下ろしたら、晄太が小さな指を三本立てて、秋の方に突き出している。

「うん？　ええと……三歳ってことか？」

秋と勇吹が年齢の話をしていたから、晄太も混ざりたかったようだ。前に聞いた時は答えてくれなかったが、あの時は初対面の秋に対して緊張していたのかもしれない。

それより、思ったより晄太の指が示した年齢にも、秋は驚く。

「あれ、思ったより小さいのか……？」

「……桁が違いますよ」

勇吹が口を挟むのを聞いて、秋はさらに驚いてしまう。

「えっ、三十年？」

もしかしたら見た目通りの年齢ではないかもしれないと思いはしたが、まさか自分より年上だなんていうのか、この可愛い子供が。

「だから、桁が違います」

勇吹はまじめな顔で重ねて言う。

秋は手にした買いもの袋を取り落としそうになった。

「……三百年⁉」

「どこから山神様の年齢として数えるかは、議論の分かれるところかもしれませんが。五浦家の文献に、母神様が子を示した時期が記してありました」

「子を示す？　宿すじゃなくて？」

「人と同じように生殖するわけがないでしょう。山神様は自然のあるところ、それを敬う人のあるところに根づく存在です。最初はただ『居る』ことを感じ取れるだけだけど、長い時間を経て、人に警鐘を伝えやすい姿を象《かたど》るようになる」

勇吹の言うことが、秋にはうまくイメージできない。山にぽこりとキノコが生えるように、晄太が生まれた様子を想像してしまった。

（それはそれで可愛いな）

「どう説明したところで、余所者には想像もできないでしょうが」

自分の頭に浮かんだ図に一人でほっこりしていた秋は、勇吹の冷たい声音で我に返らされた。

（だから、いちいち腹立つんだよ、おまえの言い方は）

余所者と言われるたび、勇吹だけではなく、晄太からも遠ざけられている感じがして、ただ腹が立つというよりは、悔しさが強くなる。

こんな奴《やつ》を昼食になんて誘わなければよかった――と思った頃にはすでに祖父母の家が目の前に見えていたので、誘った手前帰ってくれとも言い辛《づら》く、秋はむかむかしながら勇吹を中に招き入れた。

「支度してくるから、適当にその辺に座っててくれ」

勇吹を居間に案内すると、水道水を一杯コップに注いで出してやってから、秋は台所に向かった。この家の水は冷たくてやたら美味《うま》いので、「おまえなんか水で充分だ」という嫌味は通じない気がする。

「にら、にら」

暁太は秋についてきて、買いもの袋の中からニラを取り出して両手で摑み、はしゃいでいる。

「こら、食べ物をおもちゃにしたらいけません」

はしゃぐ様子は可愛かったが、秋自身そう躾《しつ》けられてきたので、暁太の両手を摑んで止めた。

「やー」

暁太はさらにはしゃいで身を捩《よじ》り、ニラを振り回そうとしている。

「駄目」

暁太の手からニラを取り上げたら、暁太が頰を膨らませて不満そうな顔になった。

「暁太は山の神様なんだろ？　だったら山で採れるものは大事にしないといけないものなんじゃないか、よくわかんないけど」

そもそもニラは山ではなく畑で採れるものなのかもしれないが、とにかく秋は暁太に言い聞かせた。

暁太は不満げなままだったが、秋の手からニラを取り返そうとはしなかった。

「ほら、ニラ玉作るから。晄太は座って、大人しくしてなさい」

両脇に手を挟んで体を持ち上げると、晄太はあっという間に機嫌を直して笑い声を立てた。足をばたばたさせながらも、椅子に座ってくれる。

「ニラ玉、ニラ玉……」

スマートフォンでレシピを検索しつつ、材料を集める。ニラ、卵、塩コショウに牛乳、ごま油に醤油《しょうゆ》、サラダ油。調味料類は戸棚にあった。

「ええと、ニラを切って、卵をほぐして、ごま油を引いて、先にニラの固いところを炒《いた》めて……」

無職生活の間に多少料理は手がけたものの、何しろ晄太に食べさせるものなのだから、できる限り美味《おい》しく作りたい。そう思って、秋は家族の分を作る時以上に、真摯な気持ちで調理に取り組んだ。

「で、葉っぱの方も入れて、火が通り切らないうちに醤油を……あれ？」

すぐに使えるよう手許に置いておいたはずの醤油が、あったはずの場所に見当たらない。秋は慌てて辺りを見回した。床に落としてしまったかと足許も見下ろしてみたが、どこにもない。

「おかしいな、どこいっちゃったんだろ、……——!?」

床から目を上げた秋は、視線の先に探していた醤油をみつけて、絶句した。

立っている秋の目の先には、醤油のボトル以外、何もない。

醤油は、宙に浮いていた。

「なんっ、え、え!?」

目を見開く秋の耳に、晄太の楽しそうな笑い声が聞こえた。

「こ、晄太!?」

晄太は醤油を指さして、無邪気に笑い転げていた。

その笑い声に合わせるように、醤油が宙を上下左右に飛び回る。

それで秋も気づいた。これは、晄太の仕業なのだと。

「晄太、駄目、やめなさい！」

プラスティックの醤油入りボトルは、フライパンすれすれのところにも飛んできた。秋は慌ててコンロの火を止める。

「火を使ってるんだ、危ないだろう！」

さすがに本気で叱ったら、晄太がびくっと首を竦め、途端に醤油が落ちてくる。秋は慌てて、フライパンに当たる前にそれをキャッチした。

「何を騒いでるんですか」

慌てる秋の声を聞きつけたらしく、勇吹も台所に姿を見せた。

「晄太が、危ない悪戯《いたずら》をしたんだよ」

怒り顔の秋と、手にした醤油のボトルを見て、勇吹はすぐに状況を把握したらしい。何だか妙に困った顔になって暁太に視線を向けていた。

「暁太様、また――」

「こういう悪戯は駄目だ、暁太。火を使ってるところで遊んじゃ駄目だし、さっきも言ったけど、食べ物で遊ぶのも駄目」

秋は笑っている暁太の目の前まで近づいてその場に膝を突き、視線を合わせると、厳しい声でさらに叱りつけた。

暁太は叱られたことがまた不満なようで、上目遣いに秋を見返し、唇を尖《とが》らせている。

「そんな顔しても、駄目なものは駄目だからな」

「無礼なことを」

不貞腐《ふてくさ》れた態度になる暁太を見下ろす秋の言葉を、勇吹が遮った。

秋が振り返ると、勇吹が険しい顔で睨《にら》んでくる。

「何を平然と、ただの子供にするように叱ってるんですか」

「ここで甘やかしてどうするんだよ、何かあれば暁太自身も危ない目に遭うんだぞ」

勇吹の過保護さに秋は呆れた。

「暁太様なら多少の火くらい収められます」

「馬鹿言うな、自然を敬えっていうなら、火の怖さだってわかるだろ。ていうか、いくら神様だろうが、この家が燃え始めたら元に戻すことはできないんじゃないのか」

「そうならないように周りの人間が気遣えばいい。何のために山守がいると思ってるんだ」

頑固に言い張る勇吹に、秋は眉を顰《ひそ》める。

「まさか、これまでもこういう悪戯をした時、叱らなかったんじゃないだろうな」

「誰が叱れるっていうんですか、山神様を」

「って、町の人もこれを放置してたってことか？」

秋は再び呆れ返り、勇吹を見遣った。

「放置はしていません。その都度、やめてほしいことは伝えています」

「ということは、悪戯したのは今だけじゃなくて、何回もやってるんだな？」

勇吹から目を戻すと、晄太は秋の視線を避けるようにぷいと横を向いてしまった。

「ちゃんと叱らないから、ひどい悪戯だって『やっていいこと』って思っちゃってるじゃないか。だから俺に叱られたことにびっくりして、不貞腐れてるんだよ」

弟がそうだったのを、秋は思い出した。生まれた時に母親共々弱っていたこともあって、ずいぶん甘やかされて育てられたのだ。秋もかなり甘やかした気がする。年が離れていたから喧嘩にもならず、多少引っぱたかれたりしても大して痛くもなかったし、秋のものが欲しいと我儘を言われたところでむきになるのも大人げないから全部譲ってきた。

そして出来上がったのが末っ子の権化だ。中学に上がる頃、悪い友達とつき合い始めたのを見かね、甘い両親に代わって秋が叱りつけたら、弟は反省するどころか反撥《はんぱつ》して喚《わめ》き散らして家出した。そのせいか未《いま》だに兄弟仲はあまりよくない。悪くもないが、どうも距離ができてしまっている感じで、秋はそれをずっと悔やんでいた。

「暁太様は普通の子供とは違います」

「知ってるよ、普通の子は醤油を飛ばしたりしない」

秋は手に握ったままだった醤油入りのボトルを、暁太によく見えるようテーブルの上に置いた。

「いいか、暁太。こういう、台所にあるもので遊ぶのは禁止。遊びたかったら、あとでちゃんと、庭とか、公園で、一緒に遊ぶから」

不貞腐れた暁太に根気よく言い聞かせたら、やがて唇を尖らせたまま俯いて、目に一杯涙を溜め出した。

「……」

何か言いたそうにしているが、言えずに、暁太は唸《うな》るばかりだ。

秋は不意に、暁太がただ拗《す》ねているだけではなく、言うべき言葉を知らないのではと思い至った。

「こういう時は、ごめんなさいって言うんだよ」

一番近くにいたらしい勇吹があの調子だ。『神様』に謝罪の言葉を教えるとは思えなかった。

「……ごめんなさい」

とうとう涙をこぼしながら、暁太が言った。

「ごめんなさい……あき、こうた、いや？」

不安そうに見上げてくる暁太を、秋は床に膝をついて抱き締めた。

「嫌なわけない。ちゃんと謝ってくれたのが嬉しいし、そうじゃなくても大好きだよ」

素直じゃないから嫌いになる、ということはない気がする。勿論《もちろん》、危ない悪戯なんてしてくれない方がいいのだが。

「暁太は俺といるのが楽しくて、一緒に遊びたかっただけなんだよな」

「うぇ……」

暁太は秋にしがみついてわんわんと泣き出した。

叱ったことを悔やみはしないが、泣いている暁太が可哀想《かわいそう》で秋まで泣けてきてしまう。

「暁太、好き、大好きだぞ」

今まで誰に向けても言ったことがないくらい、素直な愛情表現を暁太にぶつけた。すると暁太がすぐに泣き止んで、びしょ濡《ぬ》れの顔で笑う。

それが愛《いと》しくて愛しくて、思わずふわふわの髪にぐりぐりと額を押しつけてから、急に勇吹の存在を思い出し、秋は慌てて背後を振り返る。恥ずかしいところを見せてしまった気がする。

勇吹はまだ怒っているか、それとも秋が暁太にでれでれしているところを見てみっともないと思うか、どちらにせよまた悪《あ》し様《ざま》に何か言われることを予測して秋は身構えたが、勇吹の反応はそのどちらでもなかった。

勇吹は何か、呆然《ぼうぜん》とした顔で秋と暁太の方を見ていたのだ。

「勇吹？」

ぽかんとした顔をしている勇吹が不思議で、秋は首を捻《ひね》った。

「――いや……」

勇吹はあやふやに呟きながら、秋から目を逸《そ》らしている。

「……料理、途中だったんじゃないですか？」

ようやく勇吹の口から出てきたのは、そんな問いかけだけだった。

「そうだ、火止めてたんだった。冷めちゃうか」

秋は急いでコンロの前に戻った。

秋がニラ玉を火にかけ直している間、勇吹は秋に断って茶簞笥《ちゃだんす》を開け、人数分の茶碗《ちゃわん》やしゃもじを取り出して、配膳を手伝ってくれた。

「こうたも」

暁太も手伝いたがって勇吹に手を伸ばすが、勇吹は当惑したように茶碗を手に立ち尽くしている。

「じゃあ暁太、この箸、椅子の前に並べてくれるか？」

秋はあとで自分が並べようとしていた箸を茶簞笥の抽斗《ひきだし》から取り出し、暁太に手渡した。

「勇吹、一緒にやってあげてくれ」

「え」

秋は暁太のリクエスト通りごはんをおにぎりにしようとしていたから気軽に頼んだが、勇吹はなぜか体を硬直させている。

「一膳ずつ揃《そろ》えて並べればいいんだよ。暁太にはスプーンもあった方がいいのか?」

勇吹はやたら緊張した様子で暁太と一緒に箸を並べ、秋はその間に手早くニラ玉や白飯、取り皿と暁太のスプーンなどを支度した。

料理を並べ終えたので、秋と暁太が並んで食卓につき、暁太の向かいに勇吹が座って、昼食を始める。

「いただきます」

言った秋を、暁太が不思議そうに見上げている。

昨日も今朝も、食事の時に暁太はそんな顔をしていた。暁太に食事はいらないと勇吹が言っていたから、「ごめんなさい」同様、「いただきます」も知らずにいたのかもしれない。

「暁太も一緒に」

「いただきます?」

「はい、召し上がれ」

自然と自分の母親のようなことを返してしまって、秋は少々気恥ずかしくなった。そんな様子を笑われる気がしたのでそっと見遣ると、勇吹はまたぼうっと秋と晄太を見ている。

（何なんだ？）

勇吹の反応が謎だったが、箸の持ち方も知らないらしい晄太の面倒を見ることで精一杯になり、秋は食事が終わるまで勇吹に構っている場合ではなくなってしまった。

晄太にはまだ箸が難しいようだったので、最終的には秋が晄太を膝に乗せ、一緒にスプーンを使って食べさせた。

晄太はそれが楽しかったのか興奮気味で、食べ終わる頃には疲れ果てたらしく、最後の一口の頃にはうとうとと船を漕ぎ始めた。

「今まで全然、食事は取ってなかったのか、晄太」

満足そうに目を瞑《つむ》る晄太の手からスプーンを取り上げつつ、秋は勇吹に訊ねた。

「口から栄養を取る必要はありませんので。昨日も言った通り、神饌《みけ》を供えればそれが山神様たちの力になる」

「でもおまえが何か食べてたら、晄太だって食べたがったんじゃないのか？」

「一緒に食事なんてしません」

畏れ多い、と言外に告げる勇吹に、秋は少し眉を顰めた。

「一緒の家に住んでるんだろ？」

「同じ場所で食事をしたり、寝起きしたりするわけがないでしょう、そんな見苦しい姿を山神様に見せるわけにはいかない」

「うーん」

さらにぎゅっと、秋は眉間に皺を寄せる。

「ここだと俺の感覚の方が変なのかもしれないけど……三百年生きてる神様だっていうし、普通の子みたいに扱うのって、抵抗あるもんかもしれないけどさ」

秋は自分の腕の中でぷうぷうと変な寝息を立てている暁太を見て、少し笑った。

「勇吹に無礼だって怒られても、俺はこういう感じにしかできないな。暁太はすごく美味そうに俺の作ったもの食べてくれるし、嬉しそうに笑って俺に抱きついてくれるし。そういうのを暁太が嬉しがるなら、それでいいんじゃないかって思うんだけど……」

「自覚はあるようですが、それは小沢さんが余所者だから思うことです」

勇吹の返事はにべもない。

「土地の者にとっては、山神様がただの子供では困る。信仰の拠《よ》り所がなくなってしまう」

また余所者と言われてしまえば、これ以上秋が言い返すことはできない。

それにしても勇吹は愛想笑いすら忘れてしまったように、ひどく突慳貪《つっけんどん》な態度だ。

「……おまえ、暁太はともかく、町の人に対する時と俺に対する時と、態度違いすぎないか」

「余所者は嫌いなんです」

嫌い、ときた。またはっきり言われたものだ。

「どこからか山神様の話を聞きつけた人間が、思い出したようにやってきては引っかき回す。心霊スポット扱いで御山の禁足地に入り込もうとするならまだマシで、自分には見えない晄太様を見る町の人間を集団幻覚扱いしたり、危険な宗教にのめり込む者扱いしたり。それを追い出すのに、俺たち五浦の人間がどれだけ苦労してると思ってるんだ」

隠しようもなく仏頂面になる勇吹の話を聞いて、秋はさすがに同情もしたが、逆に反発心も抱いてしまった。

「そりゃそういう奴が来たら、嫌気が差すのもわかるけど。俺がそんなことしたわけでもないのに、先回りして責めるなよ」

「小沢さんが晄太様に対して無礼なことは間違いないでしょうが。自分でもわかってるんでしょう」

「勇吹に無礼だって言われるだろうなとは思うけど、俺自身が無礼だとは思ってないっての」

責められてむっとなりながらも、秋は内心、少し不思議になった。

勇吹は明らかにこちらを煙たがっていて、終始威圧的だし、好意のひとつも持たれていないことはわかるのに——普通に、言い返せる。

会社勤めの頃、上司に何を言われても言い返せず、覚えのないことで叱責されたり嗤われたりするうちに心が窄《しぼ》んで、身動きが取れなくなっていった。自分より年上の男性は特に、家族以外の人間と顔を合わせるのも怖ろしくなっていた時期すらある。そのせいで余計、友人知人とも疎遠になったというのに。

が、勇吹のことは、ムカつくが怖くはない。

(これ、相性がいいっていうのか？　それとも悪過ぎて言い返さずにはいられないだけなのか？)

そこが謎だった。

「何をボケーッとしてるんですか」

勇吹の方は、それなりに見せていた上っ面の笑顔や言葉面だけの丁寧さすら消して、考え込む秋を訝しげな目で見ている。

「別に。勇吹はムカつくなと思ってただけだ」

「その言葉はそっくりお返ししますね」

このタイミングでにっこりと笑顔を見せるのだから、五浦勇吹という男はとことん性格が悪い。

「そうやって圧迫してくるから、晄太が怯《おび》えてるんじゃないのか」

「は？　怯えられていませんが？」

「いやはっきり怯えられてただろうが、昨日。無理に晄太を連れていこうとして」

「あれは小沢さんがいかなる手段を使ってか晄太様を籠絡《ろうらく》したせいでしょう」

「性悪女が純真な男をひっかけたみたいな言い方するなよ」

「その発想がいかにもすれた都会の人間っていう感じですよね」

ここでまた勇吹が笑う。その顔にニラ玉をぶつけてやりたかったが、生憎《あいにく》皿は空だった。

ああ言えばこう言う——と、多分勇吹の方も秋に対して思っているのだろうが。

(友達との口喧嘩だって、ほとんどやった覚えがないんだけどな、俺)

勇吹が友達だなんて到底思えないが、秋はつくづく自分の態度を不思議に思う。

これまでの人生、人と揉《も》めるのが嫌で、面倒を避けるために相手に合わせ続けてきた。いがみ合うくらいなら自分が引いた方が楽だ。その場その場で雰囲気が悪くならないためにうまく立ち回るのが得意なつもりでいた。

いつもの秋なら、勇吹に嫌味を言われればヘラヘラ笑って「ごめんごめん、勇吹の方が晄太に詳しいもんな、わかったような口利いてごめん」などと言ってすぐに折れただろう。

(そもそも晄太に対する俺の態度も、我ながら謎だ)

これも今までの秋なら、「まあ俺の子ってわけでもないし」と適当に宥《なだ》めてあやして、勇吹に丸投げして終わっていたに違いない。

(晄太に対しても、勇吹に対しても、どうも譲れないんだよなあ)

二人とも、つい昨日知り合ったばかりの相手だというのに。

「何なんですか、また急に黙り込んで。小沢さんは間が独特ですよね」

勇吹の呆れたような声で、一人あれこれと考えに耽《ふけ》っていた秋は我に返った。

「俺が変わり者みたいな言い種《ぐさ》はおかしいだろ」

秋にしてみれば、勇吹のようなタイプこそ独特で、これまで出会ったことがない相手だ。もしくは、出会った瞬間避けるタイプか。

「考えてみたら、昔ここで遊んだのが勇吹みたいなタイプじゃなくてよかったわ」

「は？　何がです？」

「小学生くらいの頃、この家に少しだけ預けられてた時期があったんだよ。その時遊んでくれた子たちは全員親切だった覚えがあるから、勇吹はいなかったんだろうな、きっと」

「でしょうね、小沢さんみたいな変わり者がいたら俺は絶対忘れないと思います」

「おかげでその時の思い出はいいもののままだし――」

「……ああ、そうか。それでか？」

「って、何が？」

勇吹が不意に何か思い至ったように呟いたので、今度は秋が問い返した。

「小沢さんに晄太様の姿が見える理由ですよ。樋上家の人たちは、この家で暮らし始めた時期こそ最近ですが、元々は御山の中腹辺りで暮らしていたようですし――」

「最近って、この家建てたのは俺のひいじいさんが出征から帰ってきた後って聞いた気がするんだけど」

「五浦から見れば最近ですよ、初代は室町《むろまち》時代ですから」

スケール感が思っていたのと違った。六百年から見れば、七、八十年などまあ、『最近』だろう。

「とにかくこの家の人たちにとって、山神様がいるのは当然のことで、生活もそれに合わせたものになっていたでしょう。ご高齢の方ほど、ご先祖様と、山神様をきちんと家でもお祀《まつ》りして、毎日捧《ささ》げ物をする習慣がありますし」

「ああ、そういえば、水とか米とか塩とか、庭で採れた野菜なんかを棚に置いてた気がするけど……」

記憶は朧《おぼろ》げだが、居間にそんな棚があったかもしれない。

今朝掃除をした時には見当たらなかったので、祖父母が亡くなった後は片づけられてしまったのだろうか。

「詳しく覚えてないけど、たしか神棚みたいなちゃんとしたものではなかったような」

「山神様をお祀りする神社があるとか、そこでお札を授与してるとか、そういうものではないので。神棚がある家はほとんどないでしょうね、御山の方角に向けて土地のものをお供えして、山神様に思いを馳《は》せるだけです」

「へえ。神社はないのか……」

秋はてっきり、勇吹がそういうところの神職でもやっているのかと思っていた。

「母神様がご自身を仰々しく祀られることを好まないようで、社《やしろ》を建てても流されてしまうんですよ。俺たちが神様だと言っているだけで、ご自身では超越的な存在ではなく、汎神論のように一元的な存在ともまた違って、汎霊的なものだと捉えてるんだろうなというか」

「うん、全然わからない」

　立て板に水のごとく語る勇吹に秋が素直な感想を述べると、心から呆れたような眼差しが返ってきた。

「まあわからなくて結構ですよ」

　昨日と同じようなことを言われてしまった。おかげで秋は、意地でもわかってやりたくなってきてしまう。

「おまえの家にいる時、暁太は何やってるんだ？　同じ場所で食べたり寝起きしてるわけじゃないって言ってたけど、さっき」

「俺がやってる畑仕事や、鍛錬を眺めていたり、ですかね。お好きなように過ごされてますよ」

「暁太が山を下りてきたのは修行のためだって言ってたけど、勇吹と一緒に体を鍛えたりってわけじゃないのか」

「そんな必要がありませんから。筋力なんてなくても、山神様は、人をはるかに凌《しの》ぐ力を使えます」

　秋は醤油のボトルを宙に飛ばした暁太を思い出した。たしかにあんなこと、筋トレをしたからといって出来るようになるものではないだろうが。

「その力の使い方をトレーニング中、なんだっけ？　でも……力どうこうってより、やっぱり、やっちゃ駄目なことといいことを教える方がいい気がするんだけどなあ」

「俺には小沢さんのように暁太様を叱ったりはできません」

「はいはい、俺が余所者だから不敬なことができるって話だろ、また」

「それもありますけど」

あるのかよ、という秋の小声は無視して勇吹が続ける。

「俺が叱っても暁太様は何も感じないようなので」

「何もって？」

「俺は誠心誠意お世話をしているつもりですが、暁太様は何を話しかけてもお答えにならないし、笑いもしない」

「笑わない？　暁太が？」

驚く秋に、勇吹が溜息をついた。

「山から下りてきた暁太様をお預かりしてからの半年間、俺が見たことがあるのはぼうっとしているところか、泣きじゃくるところだけですよ。笑顔なんて……昨日、初めて見た」

秋には驚くことしかできない。むしろ、暁太はなんてよく笑う子だろうと思っていたほどなのに。

「近所の子とか親戚の子じゃないんだから、俺に愛想を振りまいてほしいなんて思ってはいません。ただ、晄太様が笑わないのは確実に俺のせいなので、悩んではいました」

「勇吹のせいって、何で？」

「……山神様と山守の繋がりは深くて、人間的な情緒の部分は山守に影響を受けるんです」

晄太の寝顔を見遣る勇吹の表情が、少し翳《かげ》る。

「俺は晄太様を尊敬しているし、大切に思っている。それをうまく伝えることができないから、晄太様は母神様や、町の人――まあなたは部外者ですが、とにかく周囲を、困らせる。さっきのように悪戯で物を使ったり壊したり、昨日のように泣いて局所的に天候を荒らしたりと」

秋も晄太の寝顔を見下ろした。どう見ても無垢《むく》で無邪気な子供で、人を困らせるようなところは想像もつかない。

だがさっきも昨日も、たしかに秋は充分困らせられた。

「晄太様がぐずるたびに母神様も手を焼かれています。だから晄太様が御山を出されたのは、戒めのようなものなので」

「戒めって、『そんな悪い子は余所の家の子になっちゃいなさい』的な……？」

うんと子供の頃、秋もやんちゃが過ぎて母親をキレさせ、そう言って庭に放り出されそうになったことがある。泣いて謝ったので、どうにか許してもらえたが。

勇吹が、渋い顔で頷いた。

「不敬を承知で母神様のお言葉をお借りすれば、暁太様は未熟なんです。母神様の後を継ぐには、成長の度合いが足りない。暁太様が誰からも尊敬される山神様になるには、俺との信頼関係が必要なのに……」

なのに暁太は、勇吹ではなく秋といることを選んで、ここにいる。

勇吹の話を聞いてしまうと、さすがにそのことが、秋を申し訳ないような気持ちにさせた。

ここでそれを謝るのは嫌味になってしまいそうなので、ただ小さく頷くに留《とど》めたが。

「――余計なことを話した」

勇吹は悔やむような顔で小さく漏らしている。秋はいろいろと知れてよかったと思うが、勇吹が複雑な気分になるのは充分わかった。

少し黙り込んでから、勇吹が不意に椅子から腰を浮かせる。

「俺はそろそろ失礼します」

秋は暁太を膝に乗せたまま、立ち上がる勇吹を見上げた。

「もう？　次の仕事は夕方からなんだろ」

別に引き止める気はなかったが、てっきり暁太の側《そば》に居座りたがると思っていたので、そう訊ねてしまう。

「畑の世話もありますし、今日は俺の掃除もまだなので。やることがたくさんあるんですよ」

あんたと違って、と言外に言われた気がして、秋はまたむっとする。――実際やることもなく暇な日々なのだが。

「朝言った通り、仕事が終わったあとにもう一度、晄太様の荷物を届けに来ます。元気があるなら、小沢さんも家や庭の手入れを隅々まできちんとしてください。仮にであれ、晄太様をお迎えしている場所なんですから」

「はい、はい」

いい加減に返事をする秋をひと睨みしたあと、勇吹は晄太の寝顔に視線を落とすと、表情を緩めた。

晄太を見る時は本当に優しい、慈しみに満ちた眼差しになる男だ。十分の一でもそういう殊勝な態度を自分にも向けたらどうだと秋は思ったが、そんなことを口にしたが最後、百倍の皮肉になって返ってきそうだったから、辛うじて飲み込む。

勇吹が家を出て行き、秋は寝ている晄太と二人で残された。

晄太は少しするとまだ眠たそうだったが起き出したので、昼食の後片付けを始める。晄太がまた手伝いをしたがるので、悪戯をして叱られたことはもうまったく引き摺っていなさそうだから秋はほっとした。

◇◇◇

別に勇吹に言われたからというわけではないが、朝の掃除だけではまったく時間が足りなかったので、午後も家の掃除をすることにした。

台所と居間、客間の他にも、とにかく部屋数が多いから、一日では終わらない気がする。

(というか、普通、掃除は毎日するものだよなあ)

十日も放っておいたせいで、思いのほか埃はこびりついているし、庭の雑草は昨日よりさらに伸びている気すらするし、やらなくてはならないことがたくさんだ。

それを面倒だとは思わなくなっている自分に、秋は少しほっとした。

つい昨日までこの世の何もかもが面倒で、息をすることにすら疲れて、それがいつまで続くのだろうと部屋にぼんやり座り込みながらうっすら絶望していたというのに。

秋は自分のそばでしゃがんで、台所の床を雑巾掛けしている暁太を見て、目許と口許を緩めた。台ふきん同様、ただ床を撫でているだけで綺麗になっているのかはあやしかったが、一生懸命手伝おうとしている姿が健気で、見ているだけで元気が出てくる。

しばらく様子を眺めてから、暁太にばかりやらせてどうすると我に返り、秋は自分も熱心に家の掃除を始めた。

片端から綺麗にするとやはりやることが多く、時間が飛ぶように過ぎていく。

途中で小腹が空《す》いてきたので、暁太と一緒に商店街でもらった感動的においしいさくらんぼを食べて休憩もしつつ、気づけば日が暮れかけていた。

「晄太、今晩は何食べたい？」

「おにぎり」

「おかずは？」

「うめ」

「じゃあまた梅干しのおにぎりと、干物ももらったからそれ焼いて、野菜一杯入れた味噌《みそ》汁とかでもいいか……」

晄太の食べたいものを食べさせてやりたいと思っていたが、そもそもどんな料理があるのかがわからないのかもしれないのかと思い到って、秋はとりあえずもらったもので適当に夕食を作ることにする。

支度をしていたら、予告どおり再び勇吹がやってきた。

「夕飯も食べてくだろ」

「え」

晄太の着替えの入った鞄を玄関で受け取りながら秋が言うと、勇吹が驚いたような顔になる。

「あれ、そのつもりかと思って三人分作ったんだけど。もう食べたのか？」

「いや、自分の庵に戻って食べる気でしたけど……」

「魚焼いちゃってるんだよ、まだ準備してないなら食べてけば。どうせ晄太の様子も見たいだろ」

「いぶき」

晄太は秋の隣にぴったりとくっついて立っている。自分を見上げて言った晄太を見下ろすと、勇吹は何か複雑そうな顔をしながら頷いた。

「じゃあ、すみませんが呼ばれます」

勇吹が家に上がり、昼と同様、三人で食卓を囲んだ。

「——小沢さんは、何と言うか図々《ずうずう》しいですよね」

食べはじめた途端、ぽつりと勇吹が呟いた言葉に、秋は面喰らった。

「え、何で俺は今突然ディスられてるんだ……?」

「いえ、言葉選びをわざと間違いましたけど」

「わざとかよ」

「距離感もおかしいと言うか。嫌なことを言ってくる相手を、よくもまあ気軽に家に招いて食事まで振る舞えるものだなと、感心して」

「俺はどっちかっていうと、嫌なことを言う奴だって自覚がおまえにある方がどうかと思うけど……」

勇吹から褒められているのか、喧嘩を売られているのか、秋にはいまいちよくわからない。

「そっちこそ、嫌がらせで変なもの食べさせられたらとかの心配はしないのか?」

皮肉をぶつけてみたら、またふっと笑われてしまった。

「そんなことができるほど肝の据わったタイプにも見えませんね」

「おまえ本当に、こう、いちいち言葉に棘《とげ》があるよなあ」

「暁太様が慕う人が、そんな悪辣《あくらつ》だとも思えませんし」

さらりと言われた今度の言葉は、勇吹としては暁太を尊敬してのことなのだろうが、結果的に秋のことも信用していると言ったようなものなのは、構わないのだろうか。

「俺も、商店街の人にあんなによく言われてる勇吹が、そんなに嫌な奴とも思ってないからな」

二重人格を改めろ、と言ったつもりだったが、うまく伝わらなかったのか、勇吹が微《かす》かに目を見開いた。

「頭に花畑でもあるのか……」

勇吹はぶつぶつ言いながら、秋の焼いた魚を食べている。

「あき、あじ」

暁太も魚を食べようとしていたが、まだ干物の骨を取るのが難しいのか、箸を握り込んだまま困った顔をしている。

「よし、じゃあ骨を取って食べる練習しようか」

「いや、最初から骨を取って差し上げてください。喉に刺さりでもしたらどうするんですか」

すかさず過保護な言葉が飛んでくる。秋が聞こえなかったふりをしたら、勇吹が手を伸ばして暁太の皿を自分の方に寄せようとした。

「箸の使い方はちゃんと覚えなくちゃ駄目だろ」

「何度も言ってますが本来なら人と同じ食事をする必要なんてないんです。捧げ物をすればそれでいい、わざわざ負担を強いることはないでしょう」

「ほねとる」

暁太が勇吹に取られた皿を追いかけるように手を伸ばしている。

「暁太様、いいんですよ、要らない苦労はしなくて。他にもっと学ぶべきことがあるでしょう」

「本人がやりたがってるんだから、やらせろよ」

秋は横から手を出して、暁太の皿を取り返した。ついでに暁太を自分の膝に抱き上げる。

「ほら、暁太、箸ちゃんと持って。最初はここの身の部分からほぐして……」

後ろから魚の食べ方を教える秋に、勇吹が聞こえよがしな溜息をついた。

「暁太様を何だと思ってるんだ」

「小骨があるから、気をつけてな。そうそう、上手じゃないか」

呟く勇吹を無視して、秋の方も聞こえよがしに暁太を褒める。褒められた暁太は嬉しそうだ。

「見ろ、本人こんなにニコニコしてるんだから、これでいいんだよ」

「……何だか昼間よりこのあたりがずいぶん綺麗になってる気がしますけど、まさか掃除まで晄太様にやらせたわけじゃないでしょうね」

「掃除しろって言ったのは勇吹だろ」

「一人で！　やれってことに決まってるでしょう、何考えてるんですか」

「晄太がやりたがったんだもんな、手伝いできて偉かったよなー」

「なー」

晄太は秋と勇吹の言い争いを気にしたふうもなく、ただ嬉しそうに笑っている。

勇吹がまた盛大な溜息をついた。

「くそ、愛想笑いも面倒になってきた」

その独り言を聞いて、秋は思わず噴き出す。

「全然愛想よくもなかったしやめとけよ、勇吹のは慇懃無礼って言うんだよ」

「伝わっててよかったですよ」

「腹立つなあ、おまえ」

「こっちの台詞《せりふ》だっての」

言い合いはどんどん刺々《とげとげ》しくなるのに、晄太はなぜか、はしゃいで笑い声を立てている。

「笑うとこか、晄太？」

足をばたばたさせている晄太の膝を押さえつつ、秋は苦笑した。

勇吹の方も、何とも言えない顔で晄太を見ている。

「まあいいや、食事時にやり合うこともないだろ。せっかくもらった食材なんだからおいしく食べないと」

「おいしー」

「なー。暁太のためにってみんながくれたんだから、次に会った時にちゃんとお礼言わないとな」

「ありがとう」

「そうそう」

掃除を手伝う暁太に、秋が「ありがとう」と声をかけたら、それを覚えたらしく繰り返し使っている。

「――で、気になってたんだけど、勇吹って暁太にちゃんと言葉を教えてるのか？」

見た目で四、五歳だとしても、やはり言葉の覚えが遅すぎる気がする。

ましてや生まれてから三百年経《た》っていても今のような状態というのが、秋には不思議で仕方がなかった。

「教えるなんて、おこがましい」

勇吹がきっぱり言うのに、秋は軽く首を捻った。

「おこがましいって、ちゃんと意思の疎通ができる方がいいだろ？」

「人間の意思は関係ない。暁太様は暁太様の思うように振る舞って、俺たちはそれを享受すればいいだけだ。間違っても晄太様の行動やお気持ちをコントロールしようなんてしないでください よ、それは暴挙というか冒瀆《ぼうとく》です」

勇吹が厳しい目で秋を睨んでくる。

「無理に謝罪させようとか、あり得ませんから」

どうやら昼間のことを言っているらしい。

秋には聞き捨てならなかった。

「無理矢理頭を下げさせたわけじゃないし、コントロールしようなんて思ってない」

「そうですか。でもその辺の子供とは違うんだから、もっと恭《うやうや》しさを持って接してください」

今度は鯵《あじ》の干物を勇吹の顔にぶつけてやりたかったが、食べ物で遊ぶなと言った手前そんな行儀の悪いことはできず、秋はぎりぎりのところで我慢する。

（ほんと、腹立つなあ、こいつ）

心から晄太を思って言っているのだとわからなければ、自分で誘ったくせに家から叩き出していたかもしれない。

団欒《だんらん》とは程遠い空気で食事を終えると、でもまあ食後のお茶くらいは出してやるかと腰を浮かしかけた秋より先に、勇吹が立ち上がった。

「それじゃ、俺はこれで。余計なことはせずに、あとはちゃんと晄太様を寝かせて差し上げてください」

「はいはい帰れ帰れ」

しっしっと動物でも追い払うように手を振る秋に、勇吹が威嚇するような眼差しを上から寄越してきて、秋はより一層腹が立つ。何だかヤンキー同士がメンチを切り合うような雰囲気になってしまった。

なのに暁太がなぜかまた声を上げて嬉しそうに笑うので、秋も勇吹も、気勢を削《そ》がれた。大人げない態度を取ってしまったと反省して、勇吹を睨むのをやめる。

勇吹の方も、気を取り直すように頭を振ってから、秋に軽く頭を下げた。

「……では」

「あー、うん。まあ、気をつけて」

「またね、いぶき」

勇吹は秋に答えずさっさと台所兼食堂を出ようとするが、暁太の声を聞いて足を止め、驚いたように振り返った。

暁太は笑って、勇吹に向け手を振っている。

「またあしたね」

「――はい」

秋に対するよりもはるかに恭しい態度で、勇吹が暁太に頭を下げた。

「ではまた明日、伺います」

明日も来るのかよ、と思ったが秋はその言葉を飲み込んだ。晄太が来てほしいと言うのなら、秋に止めるつもりはない。別に勇吹に晄太の思うままにしろと言われたせいではなく、自然と、そうしてやりたいと思ったからだ。

「朝でも昼でも夜でも。食べてくなら、来る前に連絡しろよ。ああ、メッセージのＩＤとか……」

「電話がない」

秋は味噌汁の作り方を調べるためにその辺りに置いてあったスマートフォンを探そうとしたが、勇吹の言葉に動きを止める。

「家に？」

「スマホも携帯も固定電話もありません。そもそも住処《すみか》にラジオ以外の電化製品を置いてないし、使わないようにしてるので」

「何の修行だ……⁉　って、いや、修行なのか」

「必要ない暮らしを心懸けてるんですよ、少なくとも自分の庵にいる間は」

しばしば出てくる『庵』という言葉を、そういえば聞き流してしまっていたが、昔話で出てくる草庵とか、そういう所に住んでいるというのだろうか。今の勇吹は普通のシャツとズボン姿で、秋が元々住んでいるごちゃついた都心部にいる方がしっくりきそうな垢抜《あか》け方なので、そんなところで暮らす様子がまったく想像できない。

「じゃあ、まあ、いいや、いつでも来るかもしれないと思っておく」

「……明日は特に人と会う用事がないので、午後にお邪魔してもいいですか」

勇吹は秋ではなく、暁太の方を見て言った。

「はい」

体ごと大きく頷く暁太に、勇吹が何か困ったような、複雑そうな顔で頷きを返した。

暁太と秋に見送られ、勇吹が今度こそ食堂を出ていく。見送りにいくつもりなのか暁太が廊下に出たので、秋もついていった。

「またね」

手を振る暁太にもう一度深々頭を下げて、勇吹が家の中から姿を消した。

「暁太に来てほしいって言われて嬉しいんだろうから、素直に喜べばいいのになあ」

「なー」

頷く暁太の頭に手を置きながら、秋は勇吹だってこうして撫でてやればいいのにと思う。暁太ももっと喜ぶだろうに。

「よし、じゃあ後片付けして、歯みがきして、風呂に入って寝よう」

暁太はともかく、まだ大人の秋が寝るような時間でもなかったが、今日も買い物だの掃除だの料理だのをして、もうクタクタだ。もう少し体力をつけなければな、と思いながら、秋は暁太と一緒に台所に戻った。

3

結局勇吹《いぶき》は、それから毎日、夕方頃に秋《あき》と暁太《こうた》のいる家を訪れるようになった。

勇吹が帰る時に暁太は「またねあしたね」と言うし、そう言われれば勇吹もここに足を運ばずにはいられないらしい。

「勇吹って、昼間は何やってるんだ?」

暁太が家に来て五日目、今日はカブと鶏肉《とりにく》の煮物などを作ってみた。なかなかうまくできたと思う。

「あき、おいしい」

にこにこ顔の暁太の頭を撫《な》でる秋が気に入らないらしく、勇吹が渋い顔をしているが、秋は特に止《や》めない。勇吹も、暁太があまりに嬉《うれ》しそうなので、止めさせることができないようだった。

暁太の服を、秋が勝手に商店街の洋品店でみつけた子供服に変えたことも、勇吹は気に入らないらしい。

着物なんて秋ではうまく着せられないから、可愛《かわい》いシャツと短パンと靴下を選んで、充分似合っているのだが。

晄太自身もそれを気に入っているようにしか見えなかったので、勇吹も口に出しては文句を言っていない。

「前も言いませんでしたか、神饌《みけ》を支度したり、畑の世話や掃除をしたり、日常のことを色々ですよ。日によっては御山に入って様子を見たりもします。あとは心身を鍛えるためのトレーニングとか」

「ふうん、本当に武者修行っていうか、野臥《のぶし》みたいな感じなんだなあ」

「武者でも僧でも神職でもありませんが」

「でも、家が長らく山守《やまもり》っていうのをやってるんだろ？ それなりに系統立ってたり、流派……？ 作法……？ 的なものはあるんじゃないのか？ ちょっと調べたけど、産土《うぶすな》信仰みたいなものかなって理解なんだけど、違うのか」

「ちょっと調べたくらいでわかった気になられたくはありませんね」

「はいはい。だから聞いてるんだよ、ちゃんと知りたいし」

「――五浦《ごうら》のことを？」

カブを箸で口に運ぶ手を止めて、勇吹が訝《いぶか》しげに秋を見る。秋は少し首を傾《かし》げた。

「いやそれもあるけどどっていうか、晄太のことは何でも知りたいに決まってるだろ」

「ああ……」

「何だよ、『ああ』って」

「別に。大別すれば産土神になるのかもしれませんが、質が違うんですよ、そもそも」

「質って」

「俺は神道の神は信じていないので」

「マジか」

そんな罰《ばち》当たりなことを言って大丈夫なのだろうかと、断言する勇吹になぜか秋の方が心配になってしまった。

「宗教としての神道も、その他の信仰も、仕り方としては否定しませんけどね。文化の継承、倫理観を得たり、地域の結束にも繋《つな》がるし、詐欺やカルト紛いのものを除けば、ないよりはあった方がずっといいとも思いますし」

ただ、と勇吹が言葉を続ける。

「本物はうちの山神様だけです。余所《よそ》の土地でも見たことがない」

「晄太や母神様っていうの以外が、おまえに見えないだけじゃなくて？」

「そうかもしれなくても、俺は見たものしか信じません」

「散々俺を余所者だって嫌っておいて、おまえ……」

「だから他の領分は侵さないよう律してますよ。気軽に余所の神様に絡もうなんて思わない」

　これは、自分に対する遠回しな皮肉に違いないと、秋は察した。

（でもまあ、徹底してるよな）

　勇吹にとってとにかく大事なのは、『うちの山神様』だけだ。

（ああ……だから、俺は勇吹が怖くはないのか？）

　勇吹と話していると時々とんでもなく腹は立っても、萎縮はしない自分が、秋にはずっと不思議だった。

　嫌味を言われれば、会社時代の上司を思い出してもおかしくないのに。

（勇吹には、筋が通ってるから）

　勇吹から、理由もなく頭ごなしに叱られることも、辱《はずかし》められるように人前で怒鳴られることも、笑いものにされることもない。

　何より晄太が一番というのがわかる分、清々しさすら感じる時もある。

（まあ嫌味を言われて上っ面で笑われたら、腹立つは腹立つけど）

　なので秋も気を遣うことなく、勇吹に言い返したり、聞こえなかったふりをしたりと、やりたい放題だ。どうせ煙たがられているのだし、同じ会社に勤めているわけでもないのだから、『嫌われて仕事がし辛《づら》くなったらどうしよう』という心配もいらない。

　つき合いやすいといえば、これほどつき合いやすい相手もないかもしれない。

　勇吹は秋と晄太と夕飯を食べてから、そのまま帰るのも気が引けるのか、後片付けを手伝ってくれるようになった。

晄太もいつもどおり手伝いたがり、それに対しては特に文句をつけず、むしろ背が届かないところに茶碗《ちゃわん》をしまおうとすれば、手伝ってやるようにもなっている。

「晄太『様』にやらせるのは不敬なんじゃなかったのか？」

その変化がおもしろくて秋がからかうと、勇吹にじろりと睨《にら》まれた。

「晄太様の思うとおりにしていただくと言っている。小沢《おざわ》さんはいちいち嫌味でよくないですね」

「わざとだろうけど、それ勇吹にだけは言われたくないから」

そんなやり取りも、どうも日を追うごとにただの言葉遊びのようになってきている気がする。

勇吹が夕食を食べに来るようになってから一週間目には、片付けを終えてもすぐには帰らず、秋の淹《い》れたお茶と、勇吹の手土産の饅頭《まんじゅう》などを揃《そろ》って食べるようにまでなっていた。

「地元のものだけでも、全然生活できるもんだな」

ひそかな名産品だという黒糖饅頭を口に運びつつ、その袋に書かれた製造者の住所を見て秋は呟《つぶや》く。

「俺の家の辺りだと、近場で採れたり作ったりしてるものの方が、探すの難しいくらいな気がする」

「あきのうち？」

秋の言葉を聞き止めて、隣で饅頭を頬張《ほおば》っていた晄太が、不思議そうに言った。

「あー……うん」

ここは仮の宿で、いずれ元の家に帰るということを、秋は晄太に説明していない。

心身共に元気になるまでのんびりすればいいと家族に言われていて、気持ちの上ではすでにすっかり元気だ。食欲も、引きこもっていた頃が嘘《うそ》のように戻っているから、体調だってよすぎるほどいい。

ここにいれば家賃はかからないし、食料や日用品は断っても近所の人たちが持ってきてくれるし、光熱費くらいは名義人になっている叔父に支払うとしても、貯金だけで当分は賄える。

（といっても、仕事もせずにいつまでもここに居られるわけではない……）

あまり考えないようにしていたが、そう遠くない時期に、晄太と離れなければならなくなる日は来るのだ。

「あきは、ここ」

晄太がトントンと自分の膝を叩《たた》いているのを見て、秋は泣きそうになった。

「ここで仕事を見つけられたりすればいいのか……」

家族の心配以外で、秋が実家に戻る理由はない。どのみち会社勤めがうまくいっていたら、いずれ一人暮らしをするつもりだったのだ。

「ここに雇用はほとんどありません」

しかし勇吹が、素っ気ない声で言ってから、お得意の上っ面の笑顔を秋に向けた。

「暁太様は俺がきちんとお世話するので、小沢さんはいつだって好きな時に帰っていいと思いますよ?」

久々に、これは、なかなかむかっときた。饅頭をぶつけてやりたい。

「当分ここで暁太と暮らすのでお構いなく。なー、暁太」

「うん」

暁太は口許《くちもと》を餡子《あんこ》で汚しながら、にこにこしている。秋はその口許をティッシュで拭ってやった。

「あれ、暁太、もう眠たいか?」

にこにこしながらも、暁太の目許が腫れぼったくなっていた。今日は昼間外に出たがったから、近くの公園に行って遊んできたのだ。暁太の見た目と同じくらいの子供たちがちらほらいて、暁太を見つけると喜んで近づいてきたので、秋は様子を見守りながら好きに遊ばせた。鬼ごっことかだるまさんがころんだとか、そういう遊びを日が暮れるまでやっていたせいで、疲れたのだろう。

「じゃあ歯みがきして、寝るか」

「ん……」

勇吹が言うには暁太には入浴も歯みがきも必要ないらしいが、させないのも落ち着かないので、秋は毎日やり方を教えたり手伝ったりしている。

洗面所で歯を磨かせ、最近は客間で一緒に寝るようになったのでそこに布団を敷いて寝かせてから台所に戻ると、勇吹がまだお茶を飲んでいた。

「おかわりいるか？　というか、コーヒー淹れるけど飲むか？」

晄太がいる時は、この土地で作ったお茶を淹れるようにしているが、一人の時はコーヒーを飲んでいる。秋が訊《たず》ねると、勇吹が頷《うなず》いた。

「コーヒーって、ここのものじゃないですよね」

「あれ、もしかして勇吹も土地で採れたものじゃないと食べられないのか？」

「食べられないということはありませんけど、食べないようにはしています」

「何だ、聞いておけばよかったな。まあいつも晄太用のものをそのまま勇吹にも出してるから、問題ないだろうけど」

秋は自分のコーヒーを淹れる間に、勇吹の分はお茶のおかわりを淹れてやった。

「それも修行の一環ってやつか？」

「修行というか、禊《みそぎ》……とも少し違うけど、平たく言えばそんな感じですかね。山神様の存在を近くに感じるために、土地のもの以外を体に入れたくない」

「土地で採れたもの以外は、勇吹にとっては穢《けが》れとか、そういう扱いか……」

「穢れとまでは言いません。まあ、忌避せずとも好きではないという程度ですよ」

俺の評価もそんな感じなんだろうか、と秋は考える。最初よりは多少態度が軟化しているもののの、好かれている雰囲気はない。

「じゃあここでコーヒー豆の栽培とか焙煎《ばいせん》とかしない限り、勇吹は一生コーヒーを飲む機会がない感じか」

「別に飲みたいとも思いません。家族は飲むので以前ちょっともらったことはあるけど、苦くてすぐ吐き出した」

その味を思い出したのか、勇吹が微《かす》かに顔を顰《しか》める。

「子供舌……」

暁太もコーヒーを飲んだら、きっと苦さに顔を顰めて半泣きになるだろう——と想像した秋の忍び笑いを自分に対するものだと思ったのか、勇吹が面白くなさそうな表情になった。

「あんなものを好んで飲む方がどうかしてると思いますけどね。体にいいものでもないだろうし」

「そりゃ飲み過ぎたらよくはないだろうけど、それはどんな食べものに関してもそうだろ。人の好きなものを腐《くさ》すとか、大人げない」

「たかだか一歳違いでやたら年上ぶるのも大人げないと思いますよ」

本当に、ああ言えばこう言う。前に相性がいいのか、それとも悪過ぎるのかと考えたが、これは多分前者の方なのだろう。

「勇吹って友達とか恋人に対しても、そういうこと言うわけ？」

親しい人にならこんなことを言わないのか、それとも誰に対してもそうなのか、あるいは自分にだけこの対応なのか。何となく訊ねてみた秋の言葉を、勇吹は答えず無視している。

聞こえなかったのか、ともう一度訊ねようとして秋は思い出した。

「あ、そっか、友達いないんだっけおまえ」

「いないんじゃなくて、要らないんですが。作ろうと思ったこともありませんし」

そう主張するということは、要らないにしても、いないことは気にしてるんだろうなあ……と秋にも伝わってくる。

気の毒なので指摘はしないでやった。

「何を考えてるのか、丸わかりなんですけど」

せっかく黙っておいたのに、勇吹は秋の内心を読んだらしく、仏頂面になっている。

「要らないのは本当ですから。うんと小さな頃ならともかく、ある程度の年齢になれば、遊ぶために遠出するって話にもなるでしょう。俺は気軽に御山から離れるわけにはいきません。それで断ると角が立ったり気を遣わせたりするから、距離を置いておくのが一番楽なんですよ」

そう聞くと、気の毒さが増してくる。

「そもそも俺が五浦の山守だと知っていると、そう気軽には近づいても来ませんので。土地の者なら、俺の務めが大切なものだとわかってくれていますからね」

またここで、余所者にはわからないだろうと突っぱねられているような気がしてしまうのは、自分の被害妄想なのだろうか。いや、多分これもわざとに違いない。悪意があるかないかは置いておいて、勇吹にとって秋はどうあっても余所者でしかないのだから。

(何か、おもしろくないなあ)

そういう勇吹の言動が最初から秋だって気に入らなかったが、今はもうちょっと強く苛立《いらだ》ちが募っている感じがする。

(近所に友達も恋人もいないのに、人んちで夕飯食べてお茶飲んで饅頭食べといて俺は余所者か)

自分のそばに晄太がいなければ、きっともっと冷淡な扱いを受けていたのだろう——と考えたら、秋はなぜか、ますます苛ついてきた。

「小沢さんは無駄に友達が多そうですよね」

「無駄にって言い方があるかよ」

そのせいで、勇吹の言葉に、つい不機嫌な調子で返してしまう。いつもみたいにちょっとした言い合い程度になると思っていたのだろう、勇吹が怪訝《けげん》そうな顔になったので、秋はそれこそ大人げなかったかと内心慌てる。

「——俺だって今は、密に連絡取るような友達も恋人もいない。就職してから全然時間なくなって、人と会うどころかせっかくもらった電話に出られなかったり、メッセージを既読無視のまま放っておいたりしたからな」

「へえ……」

勇吹の相槌《あいづち》は曖昧だ。やはりこいつは俺がどうしてこの家にやってきたかを知っているんじゃないだろうか、と思ったら、秋はそれをどうにか誤魔化したくて、ますます焦りを募らせる。

「まあ、学生時代は、いろんな奴《やつ》と遊びにいったりしてたけど。あ、無駄にじゃないからな、みんなそれぞれいい奴ばっかりで、気が合うとか尊敬できるとか何となく好きとかあって」

「そうですか」

勇吹はあまり気のない調子で返事をしている。友達の話になんて興味がないのか、自分の話になんて興味がないのか。

以前だったらそれとなく空気を読んで話題を変えて気まずい空気から逃れるのがうまかった気がするのに、今はそのやり方がよく思い出せない。

(考えてみれば一対一で会社の人と家族以外に会うのが、一年ぶりとかで……)

そんなにも人付き合いから遠ざかっていたのかと、秋は一人愕然《がくぜん》とした。

「俺も勇吹のこと言えないなあ……」

「何がです」

「結局、友達いないなあと思って。こっちから連絡取れば会ってくれる奴くらいいるだろうけど、連絡無視し続けたのに今さらどの面下げてって気になるし、みんなももう俺抜きで人間関係構築してるだろうし……」

考えたら、暗い心地になってくる。会社員時代にも、繰り返しそう思っては落ち込んでいた。電話をもらっても応対する時間的な余裕がない。メッセージに明るい文章を返す気力がない。学生時代は友達と会って騒げば気が晴れたはずが、何度か無理に飲み会に参加した後、あまりに心身が疲れ切ってしまって、そんな自分に驚いた。

せっかく楽しい空気を壊したくなくて、元気なふり、平気なふりで、会社の愚痴も言わず悩みも打ち明けずにはしゃいでいたら、「秋は能天気でいいよな」と言われて、それは多分褒め言葉だったのに、思いのほか胸に刺さった。

言わないんだからわかってもらえるはずがないと、頭では理解していても。

恋人ですらそうだ。本当は愚痴を聞いてもらいたかったけれど、「秋の悩みがなさそうな明るいところが好き」と告白されて付き合い始めた相手に、悩みを話せば離れていかれそうで黙っていたら、「こっちに興味がなくなったんならそう言えばいいのに」と連絡のないことを責められて終わった。今さら言い訳するには疲れ切っていて、説明せず別れる方を選んでしまった。

結局自分の立ち回りの悪さのせいで、自室の布団以外に行けるところがなくなってしまったのだ。

「人の中に自分の居場所がない、いなくてもいい存在かもって考えるのは、キツいよな……」

「いや、一緒にしないでもらえますか。俺には山守という役目と使命があるし、山神様のお側《そば》が居場所ですし」

「……」

勇吹だって、秋に対してはせいぜい「ブラック会社をリタイアして都会から逃げ出してきた情けない男」程度の認識だろう。

秋が何が辛くてどんな思いで会社に通って結局辞めたのかなんて、知っているはずがない。

「山神様にお仕えするのが俺の一番の幸せで、それ以外のことはどうでもいいですから」

「どうでもいいって、ここに住んでる人たちのことも?」

秋の問いに、勇吹が「何を言ってるんだこいつは」という顔になった。

「それは大前提として、大切にしなくちゃいけないものに決まってるでしょう。山神様の中に含まれるものです」

揺るぎない勇吹が、秋には正直羨ましいし、何だか悔しい。

「『山神様』と添い遂げそうな勢いだな」

だからわざとからかうように言うと、勇吹は当たり前のような顔で頷いた。

「そのつもりです。勿論《もちろん》、たかが人の俺如《ごと》きが夫婦や家族のようになどとおこがましいことを言うつもりはないですけど、生涯をかけて誠心誠意山神様にお仕えする予定なので。山守っていうのは、そういうものですし」

「え——結婚しない縛りなのか、山守って？」

「縛られる以前に、その気にもなりませんよ。何より山神様を一番に暮らしていくんです」

「じゃあ、好きな人ができたらどうするんだよ？」

「どうもしません、というか山神様以上に大事なものはないんだから、そういう存在ができるわけがない」

迷いなく勇吹が言い切る。

「そうは言っても、おまえだってもう二十年以上生きてて、一度や二度『この人はいいな』って思った相手くらいいるだろ……？」

「そんなもの、特には……、……いや……」

すぐに否定しようとしたらしい勇吹が、不意に言葉を濁した。

それで秋は、なぜだか少しほっとする。

「何だ、いるんじゃないか。初恋の相手とか？」

「初恋……とかいう……そんなものでもないような……？」

ぶつぶつと言いながら、勇吹が首を捻《ひね》っている。

「——まだ山守としての自覚もない頃に、何だかそういう記憶があったようなないようなっていう程度で、相手を思い出せもしませんよ。数に入りません」

「いやそれこそ、淡い初恋ってやつじゃ」

「違います、俺は恋愛に現《うつつ》を抜かしたり、肉体関係に溺《おぼ》れたりするような愚かなことは絶対にありませんから」

まるで恋をする人間なんて全員馬鹿だとでも言わんばかりの勇吹の言い種《ぐさ》だ。

「惚《ほ》れた腫れたで神経までやられて、喧嘩《けんか》しただの別れただので寝込むような人間には絶対なりたくない。相手が友人だろうが恋人だろうが、そんなことに時間を割くなんて馬鹿みたいだ」

「……」

勇吹の言葉に、秋はこれまでになく腹が立った。

相手の言うことにカチンとくることは多いが、これはまた飛び抜けている。

(じゃあ、人間関係がうまくいかずに会社辞めて、友達とも恋人とも切れて引きこもってた俺が、よっぽど馬鹿みたいだって?)

秋だって何とかしようとした。会社に行けなくなるまでは必死に足掻《あが》いていた。

なのにその全部を否定された気がして、腹が立ったし傷ついた。

「友達を作る作らないの話でもそうだけどさ。恋人がいらないとできないってのはまた、違う話じゃないか?」

だから報復のように、このあたりはつつかないでおこうと思っていたことを、秋は意地の悪い気分で持ち出した。

「そうだとして、それが小沢さんに何か関係ありますか?」

「俺にはないけど、晄太にはあるだろ」

秋は立ち上がって、またお茶を淹れ直すために再び薬缶をコンロにかけた。

「前に言ってたじゃないか、晄太の情緒は勇吹に影響を受けるって」

「言いましたけど……」

「勇吹自身が恋とか愛とか知らないまま、晄太に愛情を教えることなんてできるのか？」

新しい茶葉を急須に入れる。勇吹の、まだ少し残っている湯呑《の》みを取り上げて中身をシンクに空ける。

「そりゃ世の中には、恋愛が必要ないとか、そういうのがわからないって人も結構いるみたいだけどさ。――でも、勇吹には晄太の成長を手伝うっていう役目があるわけだろ？　で、別に恋愛ができないんじゃなくてやらないんだって言ってて、でも」

沸いた湯を急須に入れて湯呑みに注ぎ、勇吹の前に戻しながら、そっとその肩に手を置いてみた。

半分以上、悪戯心《いたずらごころ》というか、ただの八つ当たりのようなものだった。

「そういうの、知ってた方が晄太の情緒が豊かになるんじゃないかなーと思うんだけど……」

そんなことがあるか、という顔をしている勇吹の隣の椅子に、秋は腰を下ろした。勇吹がわずかに戸惑ったふうに秋を見る。

秋は勇吹を見返して、微笑《ほほえ》んだ。手を伸ばして勇吹が膝の上に置いている手に触れると、ぎょっとしたように引っ込めようとしたが、秋はすかさずそれを握り込んで動きを止めた。

「この調子じゃ、誰かと手を握ったことすらないだろ」

「あ——ありますが、そのくらい」

勇吹が秋から目を逸《そ》らしながら、怒った顔で言う。

「ただの握手とか、小学校のお遊戯でとかじゃ駄目だぞ？」

「……」

図星だったらしい。勇吹の目許が赤くなっているのは、羞《は》じらいというよりは屈辱のせいだろうか。

「晄太は未熟だって言ってたけど、それって、勇吹自身が未熟だからじゃないのか？」

秋の言葉は、さらに勇吹の痛いところを突いたようだった。逸らしていた視線が秋の方を向き、不愉快そうに見返してくる。

「誰が、未熟だって？」

「気持ちも体も色恋沙汰に向いてないわけじゃないのに、わざと避けてるなんて、不自然だろ。やらないんじゃなくてやれないんじゃとしか、俺には思えないんだよなあ」

「——やれるけどやらないだけです」

頑固に勇吹が言い張る。

「じゃあ減るもんじゃないし、試してみようか？」

ずいっと身を寄せて目を覗《のぞ》き込んだら、勇吹の視線が泳いだ。視線を逸らしたら負けだとでも思っている風情なのに、秋の目を真《ま》っ直《す》ぐに見返せないらしい。

「……何を……誰と？」

あからさまに混乱している勇吹を見ていたら面白くなってしまって、秋は含み笑いで言った。

「俺と、うーん——そうだな、キスくらい？」

勇吹が目を見開く様子を見たら、何だか腹の底がぞくぞくしてきた。

「キ……ッ、……って、小沢さん、男じゃないですか。何で男と……」

（何で俺、こんな面白がってんだろ？）

自分でも自分の衝動がよくわからないまま、秋はくすくす笑ってみせる。

「ほら、頭かったいなあ。今どき男だ女だって気にする辺りが未熟なんだよ」

「結婚は、男とは、できないでしょう」

勇吹が秋を睨むように言う。秋はそれを見返して、小さく首を傾げた。

「だっておまえ、結婚する予定はないんだろ？」

「……？」

勇吹はさらに混乱している。言い返す言葉を必死で探しているようだが、その余裕を与えるつもりは秋にはない。

「俺は男が相手でもできるよ。実際、大学時代に男の先輩とつき合ってたし」

「え……っ」

勇吹の動揺が激しくなった。

「どっちでもいいんだ、俺。楽しい相手なら誰とでもつき合えるし、誰とでも手も繋げるし、誰とでも——寝れるし」

勇吹に笑いかけながら、秋は何だか懐かしい心地になった。

(そうそう、学生時代までは俺、こんな感じだったんだよ)

小学生の頃から彼女がいて、誰かと別れても割合すぐに相手がみつかって、高校生の頃に初めて同級生の仲のいい男友達とキスをした。たまたま二人きりの時に妙な雰囲気になって相手から仕掛けてきたが、全然嫌じゃなくて受け入れて、恋人関係にはならなかったものの、たまにお互い手で抜き合うくらいまではいった。

大学生になってからつき合ったのは女性の先輩だったが、彼女と別れた後にその友達の男から「実はずっと好きだった、彼女と別れたなら俺とつき合ってほしい」と告白されてOKした。抵抗は全然なくて、特に関係を隠しもせず、周りからとやかく言われることもなく、相手が卒業するまで仲よく過ごした。

その後はまた女の子とつき合って、会社のあれこれで落ち込んでいる間に振られたが、とにかく、相手が異性だろうと同性だろうと、特定の相手がいない時に言い寄られれば、抵抗なくつき合った。

（あれ、でも、こんなふうに自分から行くのは初めてか……？）

来る者拒まず去る者追わず、すべて相手の気持ちに合わせて生きてきた気がするのに。

何だって今自分は、勇吹を積極的に籠絡《ろうらく》しようとしているのか、秋は自分でもよくわからない。

わからないのに、やっぱり止められない。

「勇吹は本当に、女とも男とも経験ないのか？」

「……」

勇吹は怒ったような顔で、でも目許を赤くしつつ、また秋から完全に目を逸らしてしまった。

「ま……まあ、たしかに俺は、関係ないからさ」

さすがにやり過ぎただろうか。別に本気で相手を怒らせるつもりまではなく、秋は今さら慌てた。

大体ここからどうしたらいいのかも、秋にはわからない。

今まですべて受け身で来たのだ。口説かれて応じたことは多々あれど、口説いたことは一度もない。勇吹のことを言えたもんじゃない。

収拾が付かなくなる前に、そろそろ引いた方がいいに違いない。

「暁太のためにはちょっとくらいためしてみてもいいんじゃないかなとは思うけど、できないっていうなら無理にやるものでもないと思うし――」

「無理とは言ってない」

なのに勇吹は依怙地《いこじ》というか、素直と言うべきか、心外だと言わんばかりの態度で言い返してくる。

平気で嫌味を言ったり慇懃無礼《いんぎんぶれい》な態度を取ったりするくせに、自分がちょっとつつかれると、これだ。

(可愛いなあ)

などと、考えてしまってから、秋は自分で少しぎょっとした。

(いや、可愛いっていうのは、晄太みたいな子のことを言うのであって)

慌てて内心で言い訳をしていると、ぼそりと、勇吹の声が聞こえた。

「……何か腹立つ顔してんな」

「え?」

「こっちをからかってやろうって意図が透けて見えて、ムカつくんですが」

「──何だ、バレたか」

もうここ以外、冗談だと誤魔化すタイミングはない。

「純真な年下を弄《もてあそ》ぶようなことはしないから、安心しろよ」

どうにか体裁を取り繕おうと、死に物狂いの余裕の素振りで笑う秋は、不意に腕に強い力を感じて驚いた。

勇吹が秋の方に向き直って、両腕を摑《つか》んでいるのだ。

「い……勇吹?」

「できますよ、これくらい」

「え」

腕を摑まれてはいたが、別に体を押さえ込まれているわけでもないのに、秋の体がなぜか動けなくなった。

不機嫌な顔でじっと自分を見る勇吹の目から、秋も視線が外せない。

勇吹の顔が近づいてきて、あともう少しで唇が自分に触れそうになった時、秋は反射的に掌《てのひら》で相手の顔を覆って押し退《の》けていた。

「待て、悪かった!」

「んん」

勇吹がもごもごと何か言っているが、不明瞭で聞き取れない。

「早まるな、勇吹、初めてなんだろ。こんな勢いでやるもんじゃない、からかって悪かったから、もっと、大事にしろ!」

げほっと、勇吹が秋の掌に口を塞がれたまま、咳《せ》き込んだ。

苦しいのかと思って慌てて掌を外したが、勇吹は咳をしているわけではなく、笑っているようだった。

「大事にしろって、そんな……生娘相手に言うみたいな……」

きむすめ、という言葉の響きに秋は何か絶句する。すごい単語を使うものだ。

「減るものでもないし、後生大事に取っておくものでもないんだから、できますよ、それくらい」

「だっておまえ、中学生が勢いですませるのと、二十三歳にもなって未経験なのにタチの悪い年上の男に挑発されてやるのじゃ、重みが違うだろ？」

秋は心から言ったのに、勇吹がむっと眉を寄せるのを見て、どうやらこれも皮肉に取られてしまったようだと気づく。

「いや嫌味とか馬鹿にしてるとかじゃなくてさ、普通に心配してるんだって」

「余計なお世話です。ここで引き下がったら、俺が負けたみたいで嫌なんですけど」

「勝ち負けではないだろ？」

「自分から喧嘩ふっかけておいて、何言ってるんですか」

勇吹が秋の腕を摑んだまま、再び身を寄せようとしてくる。

秋は慌てて身を引いた。

「待て待て待て、だから、悪かったたって！」

「何で小沢さんの方が慌ててるんですか」

まったくもって勇吹の言うとおりだ。ちょっと調子に乗りすぎてしまったと悔やむが、勇吹の手はがっちり秋の腕を摑んで離れない。

「小沢さんの説にも一理あると思いますし」

「俺の説？」

「晄太様の成長のために、俺にこういう経験が必要なのではという」

「いやっ、それはもう口から出任せというか、深く考えもせず単に勇吹をからかおうと思って」

「小沢さんがどう思っているかはどうでもいいんですけど、俺はそうだなと思ったので」

「って、待って――」

勇吹の顔が、再び秋の方へと近づく。

後退《あとずさ》ろうとしたが、椅子の背もたれが背中に当たって、これ以上仰《の》け反ったら椅子ごとひっくり返ってしまいそうだ。

「い、いぶ」

「――あき、いぶき」

今度こそ唇が触れる、という寸前、たどたどしく愛らしい声が自分たちを呼ぶのを聞いて、秋は椅子ごと飛び上がりそうになった。

勇吹もガタッと音を立てて、椅子ごと身を引いている。

「こ、晄太様」

振り返ると、台所の入り口に、眠たそうに目を擦《こす》る暁太の姿があった。

「あきも、いぶきも、ねる」

どうやら目を覚ましてしまって、そばに秋がいないから、呼びに来たようだ。夜はもうずっと暁太と同じ布団で寝るのが秋の当たり前になっている。

「そ……そうだな、寝ないとな、そろそろ！」

秋は慌ただしく立ち上がった。

「いぶきも」

「俺は……ええと、庵《いおり》に帰らないと」

勇吹の方もようやく我に返ったふうに、忙《せわ》しなく首を振っている。

「いぶきも」

しかし暁太は不満そうに言いながら、台所の中に入ってくる。とことこ近づいてきて、秋の腕と、勇吹のシャツを、小さな手で摑んできた。

「こうたと、あきと、いぶきと、ねる」

さっきまで秋の狼狽《ろうばい》を見ておかしがっていた勇吹が、暁太の言葉に動揺して、困り果てた顔になっている。

それまで面白がることは秋にはできなかった。秋だって充分、動揺していたからだ。

暁太はぐいぐいと秋と勇吹を引っ張って、客間に連れて行こうとしているようだ。

「——多分これ、勇吹が帰ったら、泣いて暴れるぞ」

秋にはその未来が目に浮かぶようだった。晄太はすっかり勇吹とも一緒に寝る気になってい て、どう諭しても勇吹が帰ることを受け入れないだろう。

「……、……」

勇吹は数秒、深く苦悩する表情になってから、諦めたふうに溜息《ためいき》をついた。

「客用布団を、お借りできますか」

「……わかった……」

秋はもう、自分の馬鹿馬鹿しい悪戯というか、意趣返しを、すっかり悔やんでいた。

さっきみたいな軽はずみなことをしでかさなければ、別に勇吹が一晩この家に泊まることく らい、何とも思わなかったのに。

(気まずい……)

そして今、心臓がばくばくとうるさく鳴っているのは、変なところを晄太に見られたせいば かりでもない気がしてしまって、余計に狼狽《うろた》える。

勇吹をからかおうとして失敗したことを後悔してはいるのに、でも一連のやり取りを思い返 すと、妙な具合に浮ついた気分になってしまう。

赤くなって自分から目を逸らす勇吹は可愛かったし、その後開き直ったように詰め寄ってく る勇吹は——、る。


（か、かっこよか……、……た……？）

　などという考えが浮かんでしまって、秋は頭を抱えたくなった。

　晄太に腕を引かれるまま廊下を歩きつつ、秋は少し後ろを歩く勇吹の様子をこっそり振り返
　目が合うと、ふいと顔を逸らされてしまった。

　そこで平気な振りとか、いつもみたいに余裕な感じの笑顔を見せつけてくれるか、せめて
「何オロオロしてるんですか」とか皮肉のひとつも言ってくれれば、まだよかったのに。

　勇吹の方もいかにも気まずい表情をしているものだから、秋はさらに、相手のことを意識してしまう。

（……俺にしてはあんまり長いこと色恋から離れてたせいか……？）

　小中学生の頃だって、こんなみっともない反応はした覚えがないというのに。

（何にしても、俺、すっかり元気になったもんだな……）

　会社員時代、退職してからほんの一週間前まで、色恋に関わることになんて一切頭が向かなかった。息をするだけで精一杯という有様で、そんな余力は欠片《かけら》もなかったはずが、今は萎《しぼ》んだ心臓が急に力強く膨らんだ感じがする。

（というか）

　秋はいささか信じがたい気分で、自分のしでかしたことを思い返す。

（こんなみっともない感じに自分から口説くの、あり得ないだろ……）

好きだと言われたら嫌いじゃなければ「俺も」と答え、つき合ってほしいと言われれば「いいよ」と頷く。あとは相手がしたいようにさせて、特に愁嘆場もなく終わる。

秋にとっての恋愛はそういうものだった。友人関係も同じだ。声をかけられれば応じる。何もしなくても遊びに誘われるから、自分から誰かを誘ったこともない。

（何で俺、こんなふうになってるんだ？）

ついこの間まで、死んだ目で死んだような心を持て余していたこの自分が。

「いぶき」

客間に辿《たど》り着くと、晄太は秋から手を離し、勇吹のシャツを引きながら自分の寝ていた布団を指さした。秋も寝ることになる布団だ。

「いや、さすがに三人は無理だろ……」

秋は押し入れの中から、別の客用布団を引っ張り出した。自分たちの分とは離して敷く。

「あき」

それが不満な様子で、晄太が今度は秋の腕をぐいぐいと引っ張った。

秋は仕方なく、晄太が示すまま、二組の布団をほぼぴったりとくっつけて敷き直した。

晄太はご満悦な笑顔を浮かべて、再び布団に潜り込んだ。

「……」

「……」

秋と勇吹は、無言で突っ立って、ただ暁太を見下ろすことしかできない。

なかなか大人二人が布団に入らないので、暁太が再び不満げな顔になって目を開けた。

「ねる」

風呂も入っていないし、寝間着に着替えてもいないが、もう仕方ない。

「……とりあえず、寝るか」

「……ですね」

秋は部屋の明かりを落とすと、もそもそと暁太の隣に横たわり、勇吹ももう一組の布団に入った。暁太を挟んで隣り合い、川の字になる。

(何だ、この状況)

首を捻りつつ、秋は当たり前のように身を寄せてくる暁太の小さな体を抱きかかえた。暗がりの中で嬉しそうにじたばたしている暁太の笑顔を見て自分も相好を崩し、そんな自分の表情を勇吹が見ていることに気づいて、密《ひそ》かに狼狽する。

(何でそんな、笑ってんだ)

勇吹の眼差《まなざ》しは温かく、微笑ましいものを見るものになっている。

暁太だけを見てそんな表情になることは珍しくなかったが、それが自分にも向けられていることが、秋を少し据わりの悪い心地にさせる。

「おやすみなさい」

囁《ささや》くように勇吹が言う。

「おやすみなさい」

暁太が少し眠たそうな声になりつつも、行儀よくそう返した。

「——おやすみ」

秋もそう言って、目を閉じた。

いつも暁太の温かい体を抱いていればすんなり眠りに落ちることができるのに、今日はすぐ近くにいる勇吹の存在がやたら意識に引っかかってしまって、寝付くのにどうも苦労した。

◇◇◇

このまま眠れなかったらどうしようかと思っていたが、秋が気づいた時には朝だった。いつの間にか、ぐっすり眠っていたらしい。

腕の中には、まだすうすうと寝息を立てている暁太。

その向こうに目を遣《や》るが、すでに勇吹の姿はなく、布団は綺麗《きれい》に畳まれ部屋の隅に置いてあった。

カーテン越しに差し込む光の加減からして、まだずいぶんと早朝な気がする。

秋は晄太を起こさないようにそっと起き上がった。客間を出てから、洗面所から音がするのに気づいた。

そちらに向かうと、勇吹が洗面台で顔を洗っているところだった。

「――早いな」

黙っているのも何なので、声をかける。

「いつも五時には起きてるから、遅いくらいですよ」

顔を洗い終えた勇吹が言った。とすると、今は五時半とか、六時とか、その辺りなのだろう。

「勝手に洗面所を借りました。俺に戻らないといけないので」

「もう仕事を始める感じ？」

棚から洗濯済みのタオルを取り出しつつ、秋は訊ねた。

「そうですね、身を清めてから神饌の用意をして、掃除を始めて」

タオルを渡そうと勇吹の方を見た秋は、思いがけず相手が自分の近くにいることに、驚いた。

思わず後ずさるが、その分、勇吹もついてくる。

狭い洗面所で、背中に壁がぶつかった。

「痛《い》てっ――な、何？」

「昨日、有耶無耶《うやむや》のうちに引き下がるような形になったのが、どうも据わりが悪いので」

勇吹が壁に腕をつく。あ、これは話に聞く壁ドンというやつでは――などと場違いに呑気《のんき》なことを考えるうち、あっと言う間に相手の顔が近づいて、唇を塞がれた。

喚《わめ》きながら逃げ出したい衝動にかられたのは一瞬で、触れられてしまえば、すぐにキスの心地よさに気を取られた。

勇吹の方は初めてらしいのに、遠慮もなく、勢いが付きすぎるということもなく、すんなりと秋と唇を重ねている。

触れていたのは一秒か二秒。離れていくのが物足りなくて薄目を開けた秋の視界に入ってきたのは、自分を見下ろし、どこか勝ち誇ったような、余裕のある表情で笑う勇吹の顔だった。

それに腹が立つというより、ただ、煽《あお》られた。

秋は勇吹のシャツの胸倉を摑んで引き寄せ、今度は自分から唇を重ねる。

勇吹は少しだけ驚いた気配を見せたが、拒むことなく、秋ともう一度キスした。

（……もうちょっと）

触れるだけでは足りなくなり、秋は唇を開くと勇吹の下唇を食《は》んだ。微かに勇吹の肩が揺れる。構わず、舌で相手の唇をこじ開けて中に入れてみた。

「……っ、……ん」

動揺を隠せずに漏れた勇吹の声に、秋は何だかぞくぞくした。

（いや、でも、何やってんだ俺は?）

昨日の流れから、どうもおかしい気がする。

勇吹をただからかうだけのつもりが、自分から、しかも朝っぱらから、こんな濃厚なキスをしたがるとか。

変だな、と思いつつ止められない。

（いくら昔の俺は、来る者拒まずだったとしても……）

今は自分から、勇吹にこんなキスをしている。

来る者拒まずと言い訳するのが苦しいくらい、積極的に。

（だってやたら、気持ちいいし）

勇吹は逃げるのを「負け」だと思って意地になっているのか、それとも気持ちがよくて流されているのか、秋にされるがままだ。拒みはしないが、応えることもない。秋は段々焦《じ》れてきた。

「――舌、出して？」

唆《そそのか》すように囁いてみたら、勇吹は割と簡単に唆されてくれたようで、素直に唇を開いて舌を差し出してきた。

それに自分の舌を絡め、吸い上げて、思う存分勇吹を堪能《たんのう》する。

「……は……」

息苦しくなってきて少し身を離そうとした時、ぐいっと、力強く背中を引き寄せられた。密着する相手の体にまたぞくぞくしていると、今度は勇吹の方も積極的に舌を使い始める。

待ちかねていたものが来た気分で、秋はうっとりと、夢中になって、自分も相手の腰に手を回しながらキスを続けた。

「……これで、晄太様の情操教育の一助になるなら」

長いことキスを続けたあと、微かに息を乱しながら勇吹が言った。

「ああ……うん、そうだな、晄太の、ために、な」

唇も舌も脳も痺《しび》れたようになっていた秋は、勇吹の言葉を頭の上っ面で聞きながら頷いた。

何だか少し舌足らずになってしまったなと思っていたら、もう一度、駄目押しのように勇吹にキスされた。

「……ちょっともう一度、顔を洗うので」

勇吹はすぐに離れて、秋に背を向けた。

しかし向いた方に洗面台の鏡があったせいで、勇吹の目が蕩《とろ》けるように潤んでいたり、唇が濡《ぬ》れて腫れぼったくなっているところを、秋はばっちり見てしまった。

「うん、俺も、えーと、晄太の様子見てこようかな……」

そういえば手に持ったままだったタオルを、秋は勇吹に押しつけるようにして、洗面所を後にする。

途中よろめくようにしながら廊下を進み、客間に戻ると、晄太はまだよく眠っていたので無性にほっとしてしまった。

暁太のそばにすとんと膝をついて座り、すうすうと可愛い寝息を立てているその顔を見下ろす。暁太は一度眠れば秋が声をかけるまで起きない。夜は寝るのが仕事というようにぐっすりだ。

そんな暁太とは対照的に、秋はゆうべ布団に入った後、なかなか眠れず長いこと煩悶《はんもん》していた。

「いや、おかしいだろ？」

暁太の寝顔を眺めながら、秋はひとり呟く。

ゆうべからおかしいおかしいと思っていた。

どうして自分が勇吹を挑発するような真似《まね》をしたのか。

腹の立つことを言われたから意趣返しをしたかったにせよ、だったらいつもどおり言葉でやり返せばよかっただけなのに。

というか、そもそも、勇吹の言葉にあんなにも腹を立てた時点で、すでに妙なのだ。

（俺が会社辞めたのも、周りの人たちに見放されたのも、全部自業自得であって勇吹には関係ないだろ？）

それを八つ当たりと称して、なぜ『口説く』という選択肢が出てくるのか、意味がわからない。

（……勇吹にもう、ある程度以上の好意を持ってたせいってことじゃないと、説明がつかない……）

だったら、つまり、そういうことなのだろう。

さっき洗面所でキスされて、自分からも応じてしまった時点で、もう答えは出たも同然だ。

最初の印象が最悪だったのに、その後もいちいちその言い種にムッとしたりもしていたのに、気兼ねなく言い合いをしたり一緒に食事をしたりと続けるうちに、いつの間にか秋は勇吹のことを憎からず思うようになっていたのだ。

勇吹との言い争いが、結構楽しかったということだろうか。

楽しくなければ、毎日相手を家に迎え入れて、食事まで出してやることもないだろうから、それも少し考えれば答えは明白だった。

「小学生か……？」

好きな子をからかう子供みたいなことをしてしまった気がする。

「だしに使ってごめんな、暁太」

無垢《むく》な暁太の寝顔を見ていると、どうも秋の良心が痛む。

「いや、暁太が成長すればいいなって思ったのは本当なんだけど」

寝ている暁太に言い訳するように話しかけたら、ぱちっと、その瞼《まぶた》が開いた。

暁太はすぐに秋を見上げて、嬉しそうな笑顔になる。

秋はたまらず暁太を抱き上げた。

「おまえの世話してる人のこと、好きになっちゃったかもしれないよ、暁太」

「うん」

暁太はわかっているのかいないのか、秋に抱き上げられて笑い声を立てている。

零《こぼ》れるような暁太の笑顔を見ていたら、秋はたまらなくなって暁太の桃みたいなほっぺたに自分の頬を押しつけた。

「暁太と会ってから、楽しいことと嬉しいことばっかりな気がする」

「うん、うん」

「小沢さん」

暁太と頬ずりし合っていると、背後から声がかかったので、秋は慌てて振り返った。

身支度を調えた勇吹が立っている。つい先刻まで秋とやらしいキスをしていたなんて思えないような、涼しい顔だった。

「もう、帰るのか？」

「ええ。――暁太様、それでは、俺はこれで庵に戻りますので」

勇吹は秋を一瞥《いちべつ》しただけで、あとは暁太に向けて丁寧に言って、恭《うやうや》しく頭を下げた。

「うん、またね」

にこっと、暁太が笑う。

それは気のせいかもしれないが、これまでより、つい昨日より、人懐っこい表情に見えた。

秋にはよく見せていたけれど、勇吹にはなかなか見せない、愛の溢《あふ》れるような笑顔だった。

勇吹も秋と同じように感じたのか、微かに目を見開いて暁太を見てから、もう一度、頭を下げた。

秋は暁太を一旦床に下ろし、玄関に向かう勇吹を見送りに行く。暁太もついてきた。

「じゃあ……またな、勇吹」

秋も暁太と同じく「また」と挨拶する。

玄関で靴を履きながら、勇吹が頷いた。

「ええ。また、あとで」

一度庵に帰って山守の仕事をするにしても、夕方にはきっとまた勇吹はここに戻ってくるだろう。

そう考えたら、秋はやたら嬉しい心地になった。

「では、お邪魔しました」

勇吹は家を出る寸前、ちらっと秋を振り返って、それから目許だけで少し笑った。

それがこれまで見たことがないくらい親しみのこもった眼差しに感じられて、しかも暁太ではなくはっきり自分に向けられていた気がして、秋はなぜか「ひえー……」と呟いてしまう。

それを見ていた暁太も、なぜか楽しそうに声を上げて笑って、秋は本当に久々に「ああ、幸せだなあ」という実感を得ていた。

4

勇吹《いぶき》は夕方にまた、秋《あき》と晄太《こうた》のいる家に姿を見せた。

ちょうど夕飯の支度をしている最中で、居間のソファで座って待っていろと言ったのに、勇吹は自分も手伝うと言って台所に姿を見せた。

「じゃあこれ、適当に切って」

今日はオーソドックスに肉じゃがを作ろうと思っていたので、ジャガイモと包丁を勇吹に渡す。

勇吹は実に器用に手早く、ジャガイモの皮を剥《む》いた。

「手慣れてるなあ」

「なあ」

晄太は食卓の椅子に座る勇吹の隣に座って、その手許《てもと》を感心したように眺め、うんうんと大きく頷《うなず》いている。

「昔から自分の食べるものは自分で作っていたので」

晄太を見て勇吹が笑った。笑う表情の優しさに、秋は密《ひそ》かに腰砕けだった。

勇吹のことが好きかも、と自覚した途端にこれだ。自分でも笑える。

「昔からって、どれくらい？」

それを見抜かれるのはさすがに気恥ずかしいので、秋は極力、普段と変わらない態度でいようと頑張った。

「庵《いおり》に出入りを始めたのが中学くらいなので、その辺りから。高校卒業までは基本的に実家暮らしだったので、母親の作ってくれるものも食べてましたけど、土日は庵に入って自炊してましたね」

「俺よりはるかにうまいわけだ、包丁捌《さば》きが」

ついでなので、玉葱《たまねぎ》を切るのも勇吹に任せることにする。秋はその間に、使う調味料を用意した。いちいちレシピを見なければ何も作れないので、スマートフォンと首っ引きだ。

「俺も凝ったものは作りませんけどね。畑で採れた野菜を焼くか蒸すか炒《いた》めるか、あとは米を炊いて魚を焼くか、それに自家製の漬物をつけて」

「でも米は炊飯器を使わずに、鍋か何かで炊いてるんだろ？　すごい、美味《うま》そう」

「まあ炊飯器と同じくらいじゃないですか、今どき手間をかけた方がいいっていうこともないだろうし」

そう言いつつも、勇吹はまんざらでもなさそうな顔だった。

「暁太にも食べさせてやればよかったのに」

秋は思ったまま口にしたが、また勇吹には「必要ない」と一蹴されるだろうと身構える。

だが予想外に、勇吹が小さく頷いた。

「そうですね。いつも小沢《おざわ》さんの料理をおいしそうに食べる暁太様を見ていたら、俺でも暁太様に食事をお出しすればよかったなと、今は思ってます」

「え、何。素直だな？」

驚いてまた思ったまま言うと、勇吹が小さく苦笑した。

「これでも色々反省してるんですよ。少し……だいぶ、頑《かたく》なだったなと」

勇吹は器用に玉葱の皮を剝きながら、暁太を見下ろしている。

「何しろ子供の姿の山神様が御山から下りて来られるなんて、初めてのことだったもので」

「へえ、そうなのか」

「山神様方が大人の姿で町に下りることはこれまでにも何度かあったようなので、五浦《ごうら》の文献にも残っているんですが。――意思疎通が難しい状態でのご降臨なんて例がない。こちらから御山に出向いたことは数え切れないほどありましたけど、まだ山神様として完成していない暁太様とどうやって接すればいいのか、正直手探りだったんです」

「てっきり、そういうマニュアル的なものがあるのかと思ってた。勇吹、暁太にはこうするべき、ああするべきって、割と断定的だっただろ」

「……自分に怯《おび》えてにこりともしてくれない山神様との距離を測りかねて、半年経《た》っても言葉すら通じない状態だったのに。突然現れた余所者《よそもの》に対しては、眺太様が零《こぼ》れるような笑みを見せていたんですよ」

勇吹の口調は、多少、恨みがましい響きに聞こえた。

「一目で小沢さんのことが大嫌いになりました。俺は物心ついた時から山守《やまもり》としての役割を意識して生きてきたのに、それを横取りされたような心地で、本当に不愉快で不愉快で」

「う……そうか……」

そう言われるとたしかに、嫌われる要素しかなかっただろうなと思う。

「ごめん……って言うのも違う気がするから、謝らないけど。俺は悪くはないだろ」

謝った方が酷《ひど》い気がするので、秋は開き直るふりをした。

内心では、大嫌いだとか不愉快だとかはっきり言われて、なかなかショックだったり傷ついたりもしていたのだが。

「少しも悪くないです。完全なる逆恨みで、小沢さんに嫌味ばっかり言っていたのは紛れもない八つ当たりでしたから」

苦笑したまま勇吹が続ける。

「こっちがこうするべき、ああするべきと思っていたって、結局は小沢さんのおかげで眺太様はあなたに出会った最初と次の日以来泣き喚《わめ》いて力を使うこともないし、不貞腐《ふてくさ》れて畑の作物を枯らすようなこともない」

「そ、そんなこともできるのか、暁太」

暁太はきょとんとした顔で秋を見上げてから、無邪気な笑みを見せた。

この笑顔を見せられると、秋は暁太の頭を撫《な》でるしかなくなる。

「小沢さんは平然と暁太様を叱りつけて、掃除だの食事の支度だのの手伝いまでさせて、何て不敬なんだって最初の頃は本気で腹を立ててましたけど……そのおかげで、暁太様がこんな笑顔を見せるようになったので、段々、自分が恥ずかしくなってきて……」

とてもそんなふうに殊勝な心持ちでいたようには見えなかったが、この家に通うようになってから、勇吹なりの葛藤《かっとう》があったらしい。

そういえば、暁太が笑顔を見せていることに対して、どこか複雑そうな表情を作っている様子を見た覚えが何度かあった。

「俺が未熟なせいで、暁太様の成長が妨げられているという指摘は、正直抉《えぐ》られました」

この辺りが、と勇吹が自分の心臓の上に手を当てる。

「……実はそれ、俺も八つ当たりで言ったんだけど。勇吹が腹立つこと言うから、仕返しに」

黙っているのもフェアじゃない気がして正直に打ち明けたら、勇吹は特に怒ることなく、むしろ可笑《おか》しそうに小さく肩を揺らしただけだった。

「小沢さんは見た目に反して気が強いというか、自由ですよね。最初は死んだ魚みたいな目をしてたので、何だこの男はと思いましたが」

「まあ、いろいろ、あったんだよ。ここに来るまで」

何となく、会社員時代の情けない自分のことはもう勇吹に隠しておくこともない気がしていたし、むしろ知ってほしいような気にすらなっていたが、今は勇吹の話の方を聞きたい。

「具体的な話を聞いても？」

しかし勇吹の方は秋の話を聞きたそうだった。晄太もじっと秋を見上げている。

「今度話すよ。それより勇吹の話の続きがいい」

「――自分が未熟だという自覚は、薄々ありました。俺は山神様のことしかわからない。歴代の山守から教えられたことを守って、毎日きちんと山神様に感謝して、暮らしのすべてを捧《ささ》げて、託宣が下った時に町の人たちに信じてもらえるよう相談ごとにも積極的に乗って……充分立ち回っているつもりだったのに、山神様のことだけは誰よりわかっているつもりだったのに、晄太様は俺を拒むように反応してくれない。食事を出さなかったわけじゃなくて、晄太様は俺の作ったものになんて、何も手をつけてくれなかったんです」

「……そうだったのか……」

秋も、何も知らないまま勇吹に対して我を通すようなことを言ってしまった自分を、悔やんだ。

おそらく時間を巻き戻しても同じようにこの家に晄太を連れてきて、叱ったり、掃除や料理を手伝ってもらったり、気軽に頭を撫でたり抱きしめたりすることは、やめないだろうが。

それでももう少し、勇吹に対して優しい態度で接することはできたような気がする。

「小沢さんと一緒にいる晄太様は楽しそうで、幸せそうで、だったらもうそれでいいんじゃないかって、段々思うようになってきたんです。あと……普通に俺自身が、この家に来るのを、その、楽しみにするようになっていた、とか」

勇吹の言葉が、少し歯切れ悪い調子になる。

照れているらしい、とわかって、秋は胸がぎゅっとなった。

(全然そんなのわかんなかったけど)

これまでの勇吹の態度でわかれという方が無茶だろうが、でもそこはまあ俺も人のこと言えないかとも思う。

「不器用っていうか人慣れしてないっていうかなんだな、勇吹は。やっぱり友達とか恋人は作っておいた方がよかったろ？」

「――そこで小沢さんがまあずけずけと言うもので、こっちとしても素直な態度になるタイミングを逸し続けていた感じなんですけどね」

今度は特に恨みがましい調子ではなく、可笑しそうに笑いを噛《か》み殺しながら勇吹が言った。

「今では感謝しています。あのまま俺が、というか晄太様が小沢さんと出会わないままだったら、どうなっていたか考えるだけで途方に暮れる。これはもしかしたら、未熟な俺に母神様が呆《あき》れて小沢さんをここに呼び寄せたんじゃないかってことまで考えました」

「さすがにそれはないだろ」

どうですかね、と勇吹は笑って肩を竦《すく》める。

「いや、なかったと思う。……俺だって、勇吹に偉そうに言えるほど人付き合いなんてうまくなかったよ」

今になって、秋にもわかることがあった。

「さっきは、かっこ悪いから言わないでおこうと思ったけどさ。俺が会社でうまくいかなくてちょっと病み気味になって辞めて、それで療養のためにここに来たんだってこと、勇吹はもう、知ってるか？」

「——まあ」

勇吹は少し答えづらそうにしながら、頷いた。

「誰からどういうふうにというわけではないんですが、噂《うわさ》は届いてきました」

母も叔父も、黙って秋をこの家に住まわせるわけにはいかなかっただろうから、隣近所に「ちょっと体を壊して会社を辞めたから」くらい、軽く事情は話しただろうと想像がつく。

「働きもせずに都会から来た孫が家に引きこもってたら、大体察しはつくよなあ……」

情けない気分だったが、秋はどうにか笑えた。何も説明せずに周りに理解して慰めてもらえる方がおかしいのだ。

「会社さ。何やった覚えもないけど、最初から上司に滅茶苦茶嫌われてたんだ。俺、ギスギスした空気が苦手で、何でも笑って避ける癖があって――」

「小沢さんが？」

心から疑わしげに勇吹が問い返すので、秋はつい笑ってしまった。

「そう、俺が。子供の頃からそういう性格。もう体に染みついてるというか……笑って誤魔化してその場その場でうまくやれればいいと思ってて、しかもそれでコミュニケーションがうまく取れる方だって信じてた」

「……羨ましいですよ、正直。それが出来るのは」

溜息《ためいき》交じりの勇吹の呟《つぶや》きに、秋はもう一度笑う。

「空気読んでればそれでいいって、どこかで舐《な》めてたっていうか諦めてたっていうか。そういう俺の態度が癇《かん》に障る人もいるわけだ。学生の頃って、気が合わなければ避ければ済むだろ。バイトも辞めればいいし。でも会社だとそうもいかなくて、それで上司が、そのタイプだった」

相性や運が悪かったと言えばそれまでかもしれない。

最初から、「最近の若い奴《やつ》は」と頭ごなしに何度も言われていた。

ちょっとした失敗を「手抜き」「サボるな」と言われても言い返せなかった。努力して仕事を覚えようとすれば「いい子面」「点数稼ぎ」と笑われて、「そんなことないですよ」と笑い返すことしかできなかった。

怒るべきだったのだろうと思う。

心配した他の課の同僚に「どこかに相談した方がいいんじゃ？」とアドバイスをもらっても、波風を立てるのが嫌で「大丈夫大丈夫」と笑っていたら、二度と声をかけてもらえなくなった。我慢して受け流すことが努力だと思っていた。真剣に仕事に取り組めば見方を変えてもらえると自分に言い聞かせていたが、多分上司にとっては「何を言ってもへらへらして聞く耳持たない駄目な新人」にしか見えなかったのだろう。

「……それって、小沢さんのせいですか？」

勇吹が不快そうに眉を寄せて訊《たず》ねてくる。

「その上司って人の方が相当問題あるように聞こえますよ。実際、同僚が外から見て心配する程度だったんでしょう？」

秋は頷くことも首を振ることもできずに、小さく首を傾《かし》げた。

「全部が相手のせいかって言われたら、正直わからない。俺は結局その場しのぎのことしかやってなかったんだろうし、それを人に言うのがかっこ悪いって思って黙り続けて、結局身動き取れなくなった。流されっぱなしで楽してたからこうなったんだろうなとは思ってる」

「流されっぱなしっていうのが、どうもしっくりこないんですが……」

勇吹はさらに眉を顰《ひそ》めていて、秋は声を上げて笑ってしまった。

「だよな。俺だって勇吹に言い返してる自分にすごい驚いてるんだよ。何だかもしかして、本質的にはこういう性格だったんではと疑うくらい……」

秋が自分で気づいたのは、その辺りだ。

勇吹といるのは楽だった。腹が立つ時は多かったが、大体我慢せずに言い返せたからストレスは溜まらない。

（これまで嫌なことがあっても一晩寝れば忘れるって思ってたけど、単に腹の中に溜め込んで蓋してたってだけで、見えないストレスになってたんだろうなあ）

それで心身にガタが来たわけだ。

来る者拒まず去る者追わずの恋愛などと嘯《うそぶ》いていても、結局は言い寄られて断る方が気が重いとか、そういう、消極的な理由だったのではと今では思う。

勇吹に、大変積極的に言い寄った身として。

「……すみません、あまり話したくないことを話させた気がする」

秋の方はすっきりしていたが、勇吹は表情を曇らせていた。

多分上司のことを話す時、秋は自分で思っていた以上に辛《つら》い顔をしてしまっていたのだろう。

「話せてよかった。俺は、勇吹に会えてよかったなと思ってるから」

そこまできちんと伝えることができて、秋は自分でほっとした。

腹が立ったから言い返すというだけではなく、自分の本音を伝えられる相手に出会えたことは、とても幸運なことなのだろう。

「……出会ってすぐの頃は、態度悪くて、すみませんでした」

改まって勇吹が秋に向かい頭を下げると、横でおとなしく話を聞いていた暁太までが一緒になってぺこりと頭を下げた。

秋はひどく慌ててしまう。

「や、態度悪かったのはお互い様、というか」

「そうですね。ああ言えばこう言うなあと、感心してました」

「おまえそういうところなあ……っ」

謝ったすぐでこれか、と秋は言い返そうとするが、勇吹が楽しそうに声を上げて笑ったのを見て、ついそれにみとれてしまった。

(あ、やっぱり、好きだな)

勇吹の嫌味が嬉しくなるというのは、相当かもしれない。

笑い声を収めてから、勇吹がふと、暁太の髪に触れるような仕種《しぐさ》をした。

ほんの一瞬掠《かす》めるように暁太の頭を撫でてから、勇吹はすぐに指を離して、秋を見上げる。

「これからも当分、暁太様が満足するまで、こちらでお願いできますか」

「勿論《もちろん》、そのつもりだけど……それって暁太だけ面倒見ろってこと？」

答えはわかっていたが、何となく勇吹の口から言わせたくて、秋はあえてそう訊ねた。

勇吹の視線が一瞬、また宙を彷徨《さまよ》って、すぐ秋の顔に戻ってくる。

「俺は山守で、晄太様のお側《そば》にいるのが務めなので、俺ごと、ですかね」

「――わかった。いいよ」

せいぜい偉そうに言い放ってやろうとしたのに、秋はどうしても顔が緩んで、結局ニヤつきながら頷く形になってしまった。勇吹がまたしても笑いを堪《こら》えるような表情になっている。

それが少し悔しいような気はしたが、晄太もにこにこしていたので、まあいいかと思い直す。

「何か、長話しちゃったな。料理の続きしないと」

「……そうでした」

そしてお互い我に返り、お互いどことなく照れ臭いようなこそばゆいような空気を身に纏《まと》いながら、目を見交わす。

「じゃあそれ、切ったら、こっちのザルに移しといて」

とにかく今日も、一緒の夕飯だ。勇吹が手伝ってくれるならいつもよりずっと早く出来上がるだろう。

それならもう一品くらい追加してもいいかなと、秋が冷蔵庫の中の食材を確認しに行こうとした時、スマートフォンが着信音を鳴らした。

画面には叔父の名前が表示されている。

「ごめんちょっと、電話」

「どうぞ」

秋は勇吹に断って電話を受けながら、廊下に出た。

『もしもし、秋か？　叔父さんだけど』

「うん、秋です。電話は久々だね」

秋がこの家に来て以来、叔父からは二度ほど連絡が来ているが、両方電話ではなくメッセージアプリを使ったものだった。叔父も秋の事情を知っていて、実家にいた頃は家族とすらまともに話す気力がなくなっていたので、文字メッセージにしてくれていたのだろう。

家のメンテナンス関係の連絡だったが、実際のところは家というよりも秋を心配して様子を窺《うかが》ってくれていたのだろうと思う。

『おっ、ちょっとは元気そうな声だな？　田舎暮らしに慣れたか？』

電話の向こうで、叔父の声も嬉しそうだった。

「おかげさまでだいぶ元気だよ、心配かけてごめん。叔父さんも元気そうでよかった」

『姉さんから、結構楽しそうにやってるって聞いてな。その辺で友達もできたんだって？』

両親からも何度か連絡が来ている。安心させるために、秋は勇吹のことを少し話した。さすがに晄太のことや『山守』のことは言っていいものかわからず、話した方が心配させてしまいそうだったので、「近所で知り合った年下の友達とよく会ってる」とだけ伝える形だったが。

「うん、まあ。近所の人にもよくしてもらってるよ」

話しながら、ふと秋は、「そういえば叔父さんも子供の頃はこの家に住んでたんだっけ」と思い立った。

（山神様とか——山守のこと、知ってるのかな？）

近所ですれ違う人や、商店街にいる人たちは、当たり前のように暁太のことも勇吹のことも知っているのだ。

「叔父さん、五浦って家のこと、知ってる？」

『五浦？　ああ、その辺の名士だろ。インフラ関係は大体五浦の会社が絡んでるし、ずっと市会議員出してる家だし』

「へえ」

それは初耳だし、秋には意外でもあった。代々山守をやっていると勇吹が言っていたので、神社ではないとも聞いていたが、何となく神祇官《じんぎかん》とかそっち方面の家系だと思い込んでいた。

「市会議員かつ山守かあ」

『山守？　そういや、あそこのでかい山の管理人もやってたな、五浦は』

「いや、管理人っていうか、山神様のお世話を……」

『山神様？』

叔父の不思議そうな声を聞いて、秋は、ぞくっと背筋に悪寒が走る感じがした。

「……山神様とか、母神様とか……あの、叔父さん、暁太って知ってる？」

『うん……？　何だ、わからんなあ』

「――」

『それより、ちょっと秋に話しておきたいことがあるんだ。今時間大丈夫か？』

「あ……ああ、うん。大丈夫」

うまく頭が整理できないままだったが、叔父に心配かけたくなくて、秋はそう答えた。無意識に取り繕う癖はそうそうすぐ直るものではないのかもしれない。

『その家のことなんだけどな。親父《おやじ》とお袋……秋のじいさんとばあさんが亡くなってから結構経って、維持するのも手間だし、費用もかかるし、俺もおまえのお母さんとこも家買っちゃってるから、戻る予定がないだろ？　それで去年辺りから、売りに出そうかって話をしてたんだよ』

「――え？」

『水回りは新しくしたとはいえ、耐震性なんかも心配だろ？　業者からは大掛かりなリフォームを薦められたけど、正直維持費だけで精一杯だから、住まない家にそこまで金はかけられないし……そのうちにってつもりで仲介業者に相談してみたら、ついこないだ、思ったより早く買い手が付きそうだっていう連絡があってなあ』

秋の指先が冷たくなる。

「……ここ、出ていった方がいい……？」

スマートフォンを自分がちゃんと摑《つか》んでいられるのが不思議なくらい、手が震えていた。

『あ、今すぐってことではないからな？　買い手候補はそっちに住んでる人で、子供が増えたから親元を出て越したいらしくてさ。上の子が小学校に上がるのが来年の春だから、それまでにリフォームと引っ越しがすんでれば大丈夫って話だから』

最長でも、来年の四月にはすべてが終わっていないといけないということだ。

広い家だから、リフォームに二、三ヵ月はかかるだろう。

だとすれば、今すぐではなくても、多分今年中には、この家を出て行かなくてはならない。

『まあ――秋もさ、ずっとそこにいるつもりじゃないだろ？　仕事のこともあるだろうし、少しずつ気持ちの準備をした方がいいんじゃないかって、おまえの両親とも話をしてたんだ』

「……」

『秋？　大丈夫か？』

「……うん……」

『すまん、まだちょっと話すの早かったかな。姉さんは、最近秋が元気になってきたから、多分近々戻ってくるんじゃないかって話してたからさ。家の買い手が決まればそこに秋が残る理由もなくなるし、気楽に帰ってこられるだろうから、かえってよかったのかもって思ってたんだけど』

優しく、気遣いの滲《にじ》む叔父の声が聞こえる。

『でも秋の気持ちの負担になったら悪かった。まだまだのんびりしてて大丈夫だからな？　時期は交渉次第で何とでもなるだろうし。まあその家、冬が泣けるほど寒いから、その時期になったらすぐにでも帰りたいって気持ちになるかもしれんぞ』

叔父は冗談を言って和ませようとしてくれたようだが、秋は自分がどう相槌《あいづち》を打って、どう電話を切ったのかすらわからない。

「小沢さん？」

我に返ったのは、台所から顔を出した勇吹に声をかけられたからだ。

「……大丈夫ですか？　電話が終わったようなのに戻って来ないから、どうしたのかと思って」

「――この家、売りに出してたらしい」

呆然《ぼうぜん》として、勇吹を振り返らないまま、秋は呟いた。

まだ現実感が薄い。

「そうだよな。たしかおばあちゃんが亡くなった時にもそういう話は出てて、去年も母さんから聞いて……でも俺、自分のことでいっぱいいっぱいで、この家を手放すかもって聞いても何とも思わずに、『ふうん』くらいの相槌しか打ってなくて……」

「小沢さん」

気づくと、心配そうな表情の勇吹が目の前にいて、顔を覗《のぞ》き込まれていた。

「どうしよう、勇吹」

泣いても仕方がないのに、ぶわっと、両眼に涙が盛り上がってきて止められない。

「せっかく暁太がいて、勇吹も来てくれる家なのに。他の人の手に渡るなんて……」

「……そうですね、樋上《ひがみ》の家が売りに出された話は、仲介業者から聞いています」

頷いた勇吹を、秋は小さく目を開いて見返した。

「知ってたのか」

「年に一、二度、亡くなったご夫婦の息子さんが手入れに来てはいるけど、傷みが早いし、戻ってくる予定もないならいっそ他の人に譲った方がいいだろうという話をしたと」

秋に責めたつもりはなかったが、勇吹は少し申し訳なさそうになって、頷いた。

「この辺りのことで、五浦の耳に入らないことはありませんから」

「おまえの家、市会議員とか、会社とかやってるって」

「父や兄が、ですね。俺は山守に選ばれたから、そことは関わりない。山神様が教えてくださることとは別の部分で、町のことを大体把握してます」

「……叔父さんが、市会議員のことは覚えてるのに、山守とか、暁太のこと、知らなかったんだ」

「……」

「昔からここに住んでれば、当たり前みたいに知ってるものなんだろ？『余所者』は知らなくても、叔父さんはこの家で生まれてこの町で育ったのに」

「……でも樋上さんの息子さんは、大学は県外に出て、そのまま就職して、『外』で所帯を持ちました。たとえ年に一度は帰省したとしても、山神様から見れば、もう『余所者』なんです」

「――」

秋はさらに呆然と、勇吹を見上げる。

「じゃあ」

喉がカラカラに渇いていた。

「俺がこの家を出て元いたところに帰ったら、また暁太に会いに来たって、見えなくなってるってことか?」

勇吹が目を伏せて、間を置いてから、頷いた。

「見えないし、暁太様の存在そのものを忘れるはずです」

「勇吹のことも?」

勇吹がもう一度頷く。

「俺と会ったことくらいは覚えてるでしょうけど、なぜ知り合ったのかとか、どうやって過ごしたかは、曖昧になるんじゃないかと」

「……」

秋は膝から力が抜けてしまった。勇吹が慌てて支えてくれようとしたが間に合わず、床に座り込む。

「そんな」

急いで職探しをしなくても、この家でなら大して金もかからないし、当分暮らしていける。そう高を括《くく》って、先のことなんて真剣に考えていなかった。

考えたくなかった、というのが正解かもしれない。

晄太と、勇吹と過ごすのが楽しくて、考えないように、全部先送りにしていた。

でももう、考えて、決めなければいけない。

「遅くても来年には……」

自分のためにこの家を維持してほしいなど、叔父や母に言えるわけがない。かといって、仕事もしていない自分に、ここを買い取るような余裕などあるわけもない。

今は六月だから、限界まで居座るとして、あと半年。それが長いのか短いのかすら、秋にはよくわからなかった。

「小沢さんは、ご実家に帰るつもりなんですか?」

秋の腕に手をかけながら、勇吹が訊ねてくる。

「……その予定だった。ここは休養のために一時的に身を寄せただけで、先々のことを考えるなら、都会で就活した方がいいし……でも……」

ぼろっと、また涙が零れた。

「いや、無理。無理だろ？　何で暁太と離れて暮らせるなんて思うんだ？」

秋は顔を上げて勇吹を見る。

涙が後から後から出てくるせいで、相手がどんな表情をしているのかは見えなかった。

「どこか、アパートとか……、……あれ、この辺りで、賃貸の物件ってほとんど見た覚えがない……？」

「ここが極端に余所者を弾《はじ》く土地だっていうことは、多分小沢さんもわかってますよね」

「……うん」

そんな雰囲気は察していた。近所の人たちはみんな親切だし親身になって接してくれるが、それは秋が「樋上の家」の人間で、暁太や勇吹と一緒にいるからだ。いわば余所者ではないというお墨付きをもらっているから。

この辺りには古くから土地に住む者の民家ばかりが並んで、集合住宅のようなものは、たとえば警察官のための官舎程度で、単身者が気軽に借りられるようなアパートなどはひとつもない。

（普通に考えたら、異様だ）

だが近くに大学もないから学生用のアパートもなく、これという大手企業もないから社宅も必要ない。

「五浦の家がやってるっていう会社は……」

「うちはどれも親族経営で、身内と土地の者しか雇い入れていません」

「そっか……」

ここには雇用がない、と前に勇吹が言っていた。余所者を雇うような企業はないという意味なのだろう。

「小沢さんは、何をしたいんですか？」

「え？」

腕を引かれても立ち上がれない秋の前に、勇吹が自分も膝をついて座った。

「やりたい仕事とか。将来の展望とか」

「いや……前職は、総合商社の営業やってたけど。これがしたいっていうよりは、給料とかの条件で選んだ程度で……」

「喰《く》っていければ何でもいい？」

「まあ、聞こえは悪いけど、そうだな」

それがまず失敗だったのかもしれない、とこれも今さら思ったことだ。

大抵の人が、そうやって条件で就職先を選ぶだろう。秋の友人たちも、確固たる夢を持っている人間なんてほんの一握りで、みんなできるだけ名前の通った会社、給料のいい会社、通いやすい会社、労働環境のいい会社、そういう条件をつけて選び、それで受かったところに勤めるのが当たり前だった。

それ自体は間違っていないだろう。選んだ先、選ばれた先で自分なりにやり甲斐《がい》をみつけたり、仕事の後の趣味を生き甲斐にしたり、とにかく暮らしていくための金銭を得られれば満足だったりと、人の望みはそれぞれだ。

でももし「これしかない」という仕事に就いていたら、上司のパワハラをヘラヘラ笑って受け流そうなどとせず、同僚の忠告に従って、断固として戦えたかもしれない。

(でも俺は、何も持ってなくて——勇吹の言うとおり、勇吹みたいな役目とか、立場とか、何も)

涙が止まらない。

でも、泣いてやり過ごしても仕方ない。

仕事も人間関係も絶対に手放したくないものなんてこれまでなかったが、今の秋は違うのだ。

「……暁太と離れずにすめば、何でもいい。そのためなら何だってやる」

思い詰めたように言った秋に、勇吹がわずかに困った顔になる。

「暁太様もいずれ成長して、御山に戻られますよ。そうすれば今のようなお姿で、今のように気軽に会えることはなくなる」

「忘れたくないんだ」

勇吹に手を伸ばして、縋《すが》るようにその腕を秋は掴んだ。

「晄太のことも――勇吹のことも。今こんなに楽しいのに、久しぶりに息をしてるって気分になってるのに、それがなくなるのなんて考えるだけで嫌だ」

涙で喉が詰まる。今の暮らしを手放すことを考えるだけで、また息がうまくできなくなる感じがする。

「なあ、どうしたらいい？　俺はどうしたらここにいられるんだろう、勇吹」

「……ここにいる必要は、ないんじゃないですかね」

「……」

信じがたい気分で、秋は勇吹を見上げた。

手酷く裏切られたようで、心臓が痛い。

「必要、ない？」

自分が思うほど、勇吹は自分を必要としてくれないのだろうか。

そう考えたら目の前が暗くなりかけたが。

「御山の側ならどこでもいいだろうから」

続いた勇吹の言葉の意味はすぐにわからなかったのに、秋はなぜか急に、パチッと目の前が明るくなった錯覚を覚える。

「――え？」

「アパートを探すのは難しいだろうし、別の一軒家を探すっていうのもなかなか大変だろうし……俺の庵なら、まあ庵というくらいだから質素なものですけど、晄太様は当然として、小沢さん一人くらい寝起きする部屋はありますよ」

ぽかんと、口を開けて秋は勇吹を見上げた。

その顔があまりに間抜けだったからだろうか、勇吹が困った表情のまま笑った。

「何て情けない顔してるんですか。年上年上とことあるごとに威張ってるくせに、迷子の子供みたいですよ」

「だって……え……ありなのか、それ……？」

「誰に咎《とが》められるいわれもないことに決まってるでしょう、俺はこの土地の唯一の山守で、山神様に関わるすべてのことに決定権を持っています」

勇吹の手が伸びてきて、少し乱暴に、秋の濡《ぬ》れた目許を指で拭う。

「大体、小沢さんが晄太様を放り出して帰っていったら、晄太様が泣き喚いて、百年先までこの町が晴れることはありませんよ。——どうしてこんなことになっているのか、母神様に訊ねてもお答えいただけないのでわかりませんが、どうやら小沢さんの存在が晄太様の成長に関わっていることには間違いありませんから」

「もしこの家が他人の手に渡っても、俺は晄太といられる？」

洟《はな》を啜《すす》りながら訊ねた秋を見返して、一瞬だけ、勇吹が渋い顔になった。

その一瞬を見逃さず、秋は改めて言い直す。

「俺は晄太とも、勇吹とも離れたくないんだ」

勇吹とも、という部分に特に力を込めた。

「……そう見透かされると、さすがに気恥ずかしいような……」

ぶつぶつと独り言を言ってから、勇吹が秋の反対の目許も指で拭う。

「半年は猶予があるんですよね？　この場の勢いで決めて、あとになってやっぱり帰るなんて言われたら俺も晄太様も立つ瀬がないので、半年間、よく考えてください。その間に自分の食い扶持《ぶち》くらいは稼ぐ手段を探して」

「探す。絶対、みつける」

一も二もなく、秋はそう言って、頷いた。

この家に来て、晄太や勇吹と出会ってひと月にも満たないから、きっともっと冷静に考えた方がいいのだと、頭のどこかでは思っている。

でも多分、これはもう一生のことなのだと、思考ではなく秋の全身が訴えているのだ。

「――ありがとうな、勇吹」

この家を手放す話も、ここを出れば晄太たちのことを忘れてしまうという話も、まったくの予想外だったが。

一番驚いたのは、勇吹が自分の家に来ればいいと申し出てくれたことかもしれない。

「昨日まで俺たち、口喧嘩《げんか》ばっかりしてたのに――」

言いかけた秋の方に、スッと、勇吹が身を寄せてくる。

言葉の途中でキスされて、秋は黙り込んだ。

「――やっぱり恋愛なんて馬鹿のするものだと実感しました」

人にキスしておいて、勇吹の声音は大変不本意そうだった。

「昨日までの俺なら、やっぱり余所者は勝手に来て勝手に引っかき回して勝手に帰っていく迷惑な輩《やから》だったと、より一層余所者が嫌いになっていたと思いますから」

「余所者余所者連呼するなよ……」

「うちの子になりますか?」

うちの子、なんて言い方に、秋はつい噴き出した。

「俺の方が年上だろ」

「子供みたいに泣いておいて、今さら。――ねえ、晄太様」

勇吹の呼びかけで秋も気づく。いつの間にか晄太が秋のそばにいて、どこか心配そうな顔で、こちらを見上げていた。

「あき、いたい?」

どこか痛めて泣いていると思ったのだろう。自分も悲しげに訊ねてくる晄太を、秋はすぐに抱き寄せて、ぎゅうぎゅうと腕に力を籠めた。

「痛くないよ。晄太のことが大好きすぎて泣けてくるんだ」

「あき、すき」

力一杯しがみついてくる暁太の感触に、改めてこれを手放すことなんて死んでもできないなと思う。

離れたら、少なくとも、また心は死んでしまう気がした。

「――あ、そろそろ煮えたか」

暁太の髪に顔を埋めて思う存分吸っていると、勇吹の呟く声がする。秋は慌てて顔を上げた。

「悪い、もしかして料理しててくれたか？」

「適当に。いつまでも廊下なんかに座ってないで、食事にしましょう」

先に立った勇吹が差し出す手に摑まって、秋も暁太ごと立ち上がった。

そのまま、さりげなく暁太の目の前を体で塞いでから、さっと勇吹に掠めるようなキスを返す。

「よし、食べるか」

さっきは自分からキスしておいて、不意打ちで返したら微妙に目許を赤くする勇吹が、変に可愛《かわい》いというか、正直、愛《いと》しい。

それを言えばまた余計な言い合いになるのはわかっているから、照れ顔をもらったので満足して、秋は暁太の手を引いて台所に戻った。

◇◇◇

勇吹は今日も泊まっていった。

夕食のあと、秋と暁太で先に風呂をすませ、勇吹が湯に浸《つ》かっている間に客間にふたつ布団を敷く。

昨日と同じように、川の字になって三人で布団に横たわった。

いつもどおり、暁太は布団に入るなりすやすやと眠りに就いていた。

「……あのさ、勇吹」

寝かしつける必要はないのだが、何となく暁太の背中をぽんぽんと叩《たた》きながら、暗い部屋の中、秋は暁太の向こうにいる勇吹に目を凝らしながら小声で呼びかけた。

「何ですか」

「『小沢さん』っての、そろそろやめないか?」

「……」

勇吹が黙り込む。暗がりで目を凝らすが、部屋の中に光源がまったくなかったので、秋には勇吹の表情が見えない。

「そういうんじゃなければ、いいけど……」

「――そういうんじゃ、とは?」

「何かこう……済《な》し崩しに、しちゃっただろ？　キスとか……」

「……」

「悔やんでて、それを、今さら」

「は？」

低い声になった勇吹に、秋は慌てた。

「いやそんなドスの利いた声出すなよ、暁太が起きるだろ」

「聞き捨てならないんですが。人を弄《もてあそ》んだ宣言ですか？」

弄んだ、とあまりにはっきり言われて、秋は少し言葉に詰まる。

「まあ弄ぶつもりでやったけど……」

「は⁉」

「だから声が怖いって」

秋は腕を伸ばして暁太越しに勇吹の口を塞ごうとするが、勇吹がその秋の手を摑んで押さえつけた。

「まあ別に、小沢さんが何を思おうがどうでもいいですよ。俺は暁太様の情緒が発達するためならと、それだけ考えているので」

「……それだけ？」

「一番肝心なのは暁太様のことなので。たとえ弄ばれていようと、それで『気軽に男を、それもこれまで恋人どころか友達もいなかった人間を相手に軽々しくあんなことをするなこの野郎』と苛立《いらだ》っていようと、その気持ちを得たことで暁太様に何かしらの影響を与えられるなら、いいんです」

「……」

「浮かれて舞い上がって、あわよくば何度でもしたいなんて思ってる自分が信じがたくて、絶対に落ち込みたくない愚かなところに行ってしまったなと自分で呆れているので、いっそ一時的なものの方がせいせいします」

「ごめん」

せいせいする、と強がったのに、秋の謝罪の言葉を聞いて、勇吹は口を噤《つぐ》んだ。

「ごめん、弄んだつもりだったけど、やってみたら結構本気だったかもしれない」

「『かもしれない』」

ものすごい威圧感で鸚鵡《おうむ》返しにされた。

それが怖かったわけではないが、秋はちょっと泣きそうだ。

「だって本当に俺たち、出会ってそんな経ってないし、なのにその間特に仲よくもできなかっただろ。そういう状態の相手とキスしようとしたとか——また何度でもしたいとか思うのなんて、初めて過ぎて。俺だって結構びっくりしてるんだって」

勇吹には全部正直に言いたくて、秋は頭に浮かんだ言葉を、先刻の勇吹の言葉を借りつつそのまま告げた。

「ムカつくことも多いけど、勇吹の暁太が一番大事っていう一本筋の通ったところが、すごく好きなんだ。揺るがないから信じられる」

勇吹が少し訝《いぶか》しげに秋を見た。

「普通……いや普通とか知りませんけど、こういう場合、自分が一番じゃないと嫌だみたいに駄々を捏《こ》ねたりするものでは？」

「でも俺も暁太が一番大事だよ。で、暁太を大事にしてる勇吹が好き」

「……なるほど」

ここで嬉しそうに笑う勇吹のことも、好きだなと、秋は改めて感じてしまった。

「暁太がいなかったら出会ってないし話してないし――こうしてないし」

秋はそっと勇吹の手を握り返した。勇吹の指が動き、ためらいなく秋の指に絡んで、ぎゅっと、思いのほか強い力で握り込まれる。

そんな他愛ない、たかが手を握られただけのことだったのに、秋は何だかぞくっと震えるような感じを背中の辺りに味わった。

勇吹の指が、秋の指や手の甲を撫でるように動くので、震えが止まらない。

(何だこれ、指だけでエロいとか、大丈夫か勇吹……いや、俺が大丈夫か……？)

恋人がいなくて、キスも昨日が初めてなら、確実に童貞のくせに。

そんな相手に触れられるだけで妙な気分になっている自分の方が、秋には不安だ。

「——暁太がいるから、駄目だぞ。……今は」

そう口に出して断っておかないと、うっかり勇吹の布団の方に潜り込んでしまいそうだ。

さすがに相手が実年齢三百歳だろうが、人ではなかろうが、暁太のいるところで勇吹とこれ以上触れ合うことなんてできない。気が咎めすぎる。

「わかってます——、……あ」

「えっ？」

震えを堪えるために目を閉じていた秋は、瞼《まぶた》を開いた時、部屋がほのかに明るいことに気づいて驚いた。

明かりの大元は腕の中だった。

秋の抱く腕の中で、暁太が淡く青色に光っている。

「こっ、暁太⁉　何だこれ⁉」

「シッ——寝てるだけですから」

「寝てるって、こんな光るか⁉」

「暁太様は町にいる間に少しずつ消耗するようで、時々眠っている夜のうちだけ御山に帰ることがあるんです。暁太様自身じゃなくて、母神様のされていることだと思いますが」

「そっ、そうなん……だ……⁉」

光を身に纏うというより、暁太自身が光になって、体が透けている。そのことにも仰天したのに、さらに眠ったままの暁太がふわふわと宙に浮き始めたので、秋はますます狼狽《うろた》え、起き上がった。

「暁太」

「大丈夫です」

反射的に暁太の体を摑まえて引き戻したくなるが、秋の手を摑んだままの勇吹がそれを阻んだ。

「下手に触ったら、秋も狭間《はざま》に連れて行かれる」

「へっ、あ、狭間……、え、秋？」

また勇吹の口にする単語の意味はわかるが言葉の意味はわからず、さらに不意打ちで苗字ではなく名前を呼ばれて混乱している間に、暁太の体がすうっとさらに高く浮いてから、闇に溶けるように消えてしまった。

「朝になれば、また戻ってきますから」

「……そ……か……」

心臓が早いしうるさい。秋は左胸のあたりを掌《てのひら》で押さえて、大きく息を吐き出した。

「びっくりした……今さらだけど、暁太、本当に普通の人間じゃないんだな……」

「このくらいでオロオロしてたら、他にももっと普通ではないことが起きますよ」

「こ、心構えしとく」

　さすがに勇吹は慣れたものだ。秋と違ってひとつも動揺が見えない。

「ただ、気になることがひとつ……」

　どっしり構えていると思っていたが、勇吹がふとそんな呟きを漏らしたので秋は何となく不安を覚える。

「何？」

「あまりにタイミングがよすぎたので、母神様が気を利かせてくださったんじゃないかという、疑惑が」

「へっ？」

　秋も勇吹も起き上がって、布団の上に向かい合って座っていて、さっきまでその間にいたはずの晄太の姿が今はない。

　つまりは暗い部屋の中で、夜具の上にふたりきりというわけだ。

「えっ、おまえそんな——そういうものなのか？　神様って……」

「わかりませんけど。こんなの初めてなもので」

　冗談を言っているのか本気で疑っているのか、勇吹の様子からでは秋にはよくわからない。というか、晄太の発光が消えた今は勇吹の顔もはっきり見えないので、どんな表情をしているのかすら判別がつかなかった。

（ちょっと……残念なような？）

勇吹が今どんな目で自分を見ているのか、秋は少しだけ知りたい気がしていた。

だからこっそり近づいて様子を窺おうと身動《みじろ》ぎしたら——勇吹もまったく同じことを考えていたようで、思いがけず間近に相手の顔があって、仰天する。

「わっ」

「っと」


反射的に身を引こうとしたが、そんな秋の背中を勇吹がすかさず支えた。

「小沢さんは、こういうのにずいぶん慣れてるみたいですけど」

近いところで勇吹が言う。鼻とか唇のあたりに吐息がかかるレベルだ。

「勇吹よりはまあ、慣れてると思う」

近すぎるせいか、表情もろくに見えないのに勇吹が気分を損ねたのが伝わってきた。

ただ、勇吹の経験不足に対する皮肉と取ったせいなのか、それとも秋の過去に対して嫉妬《しっと》染みたものを感じたせいなのかまではわからない。

（後者だといい……気がする、いや、よくはないか）

勇吹が自分に対してどんな気持ちを抱いているのかがはっきりしていないので、秋には推測することすら難しい。

晄太のことで感謝しているとは言われた。

この家を出て暁太や勇吹と離ればなれになることを悲しんで泣いていたら、「うちの子になるか」とまで言ってくれた。

あと、キスもされた。

ただそれは、秋がそう仕向けたせいというのが大きいから、決め手に欠ける。

(勇吹も俺と同じくらいには、好意を持ってくれてるといいんだけどな)

誰が相手でも軽率につき合ってきた秋だが、勇吹の気持ちを考えると、今まで味わったことのない恐怖を感じる。

勇吹が特に自分を好きでも何でもなくて、誑《たぶら》かされて未経験の興味からその気になっただけで、終わったらあっさり縁が切れて、という感じだったら、かなり辛い気がするのだ。

(でも……勇吹に限って、それはない。多分)

短いつき合いだが、勇吹がそうそう器用というか、軽く考えられるタイプではないのはわかる。

だったら「やりたくない」などと言い張ったりせず、とっくに誰かと体の関係くらい持っているだろう。

――といろいろ秋が考え込んでいる間に、両腕に勇吹の手が触れる感触がした。勇吹も見え辛いのだろう、手探りで肌を撫でるような動きになっていて、そうされるだけで秋はかすかに息を詰めた。

（いやそこを触られただけで、変な声が出そうになるとか）

どれだけ敏感なんだ、と自分で笑いそうになった。

別にこういう行為が嫌いな方ではないが、それは相手がせっせと雰囲気作りをして盛り上げてくれたからで、秋からその気になったことはほとんどなかったのだ。

勇吹が相手だと、どうも勝手がおかしい。

「黙り込まないでもらえますか」

また近くで勇吹の声がする。

「いますよね、小沢さん」

「いるよ。触ってるんだからわかるだろ」

今度は、勇吹の唇が探るような動きで、秋の唇に触れてくる。

秋は大人しく勇吹とキスをした。目を閉じていても開けていても見えるのは暗がりばかりだからどっちでもよかったが、何となく瞼を閉じる。その方が感触が伝わってくる気がしたのだ。

勇吹は今朝でもうやり方を覚えたのか、すぐに秋の唇を舌で割ってきた。

器用なタイプじゃない、と思ったのは性格の部分だけで、こういう技巧に関しては器用なのだろうか。

「……っ、……」

とても昨日がファーストキスだなんて信じられないくらい、遠慮のない舌遣いで秋の口腔《こうこう》を攻めてくる。

秋も負けじと勇吹の舌を舌で探って、唇に軽く歯を立てたりしながら、勇吹の腰に掌を這《は》わせた。びくんと小さく震えるのが嬉しい。もう気分も体も昂《たかぶ》ってきているのだろう。

「……しかし、見えないな。電気つけていいですか」

その震えを誤魔化すように、勇吹が言う。秋は一度首を振ってから、これでは勇吹に見えないかと思い直し、相手の肩口に額を押しつけてからもう一度かぶりを振る。

「駄目」

「どうして。やり辛くないですか」

「見えなくてもできるよ。教えるから」

恥ずかしい、なんて思うのも秋には生まれて初めてだ。今さらわざわざ明かりをつけて、そこから再開しましょうなんて、耐えられる気がしない。

だがこの判断を、秋はすぐに悔やむ羽目になる。

秋が勇吹の寝間着を脱がそうとボタンに手をかけると、勇吹も真似《まね》て秋のシャツに手を伸ばしてきた。お互い夏用のパジャマを着ている。商店街の洋品店で、秋のと勇吹のと晄太のと、色違いのお揃《そろ》いで買ったやつだ。特にお揃いにする気はなかったのだが、何しろ種類が少なくて、サイズと色だけは違うけれどまったく同じ柄になってしまった。

勇吹が手探りで秋のそのパジャマの上着を脱がし、感触を確かめるように、ひたりと肌に掌をつけてくる。

「んっ」

途端、相手の指が胸の辺りを掠めて、変な声が出てしまった。

「ああ、すみません」

謝りながらも勇吹は特に手を引っ込めることなく、むしろどこを触ったせいでそうなったのか確かめるように、指を秋の肌に這わせて、小さな乳首をみつけた。

「これか？」

くすぐったさにまた声が漏れそうになるのを、秋は寸前で堪える。

堪えたつもりだったが勇吹には聞こえていたらしく、しつこくそこを探られた。

(何だもう、めちゃくちゃ恥ずかしいんだが……⁉)

今までの相手に触られても、そういう雰囲気の中のことなので、恥ずかしいとも思ったことがない。

なのに、今は。

「そ……そこは別に、いいよ、必要ないっていうか……」

「……そうとも思えないですが……？」

「あっ」

勇吹の指先に擦《こす》られ、次第に膨らんで固くなってきたところをきゅっと摘まれて、秋は大きく体を震わせた。

「駄目、くすぐったい」

「っていう声じゃないな」

勇吹は全然遠慮がない。元々何かに遠慮するような性格にも見えなかったが、こんなところまで堂々としているとは思わなかった。

（本当に初めてか？）

そう疑いたくなるくらいの堂々ぶりだ。

やられっぱなしなのも癪《しゃく》なので、秋も勇吹のシャツを剝がして胸に触れてやろうとしたのに、手首を摑んで止められた。

「み、見えてるのか、そっちは」

「気配でわかりますよ」

まさかそれが修行の成果なのか。ずるい、と秋は歯軋《はぎし》りした。

「俺だって触りたい」

「いや、俺はいいです。触られたらそっちに気が取られる」

「いいだろ、別に」

「よくないですよ。俺が何もできないじゃないですか」

「俺が全部やるから」

「……？　小沢さんが俺を抱く？　ってことですか？」

　生まれてこの方、同性との行為では最終的に自分が相手を体の中に受け入れる形しか試したことがないのだが、その過程では請われるまま相手の体を手や口で愛撫《あいぶ》した経験がなくもない。だから今もそのつもりで言ったのだが、勇吹は勇吹ではなから自分が秋を抱く側だと確信しているらしいことに、秋は暗がりで首を捻《ひね》る。

「抱かれる側は、嫌なのか？」

「嫌っていうか、おかしくないですか。俺はそういうのに興味ないので知りませんけど」

　この期に及んで経験ではなく興味がない、と言い張るところが可愛いなあ、とは口には出さず、秋は一人さらに首を捻る。

「おかしいって？」

「可愛い方が抱かれるものかと」

「……」

　今は部屋に明かりがついていないことに、秋は心から感謝した。

　勇吹が秋を女々しいとか、そういう意味で「可愛い」と言ったわけではないことは、疑いようなく伝わってくる。

　ごくごく自然に、秋が勇吹を可愛いと思うように、勇吹の方も秋が可愛く見えているらしい。

（そんな素振り全然見えなかったが……!?）

秋は性別問わず自分から相手を「抱きたい」と思ったことがなく、かといって「抱かれたい」と思ったこともない。抱きたいと言われれば「いいよ」と答えるだけで、そこにさほど秋の意思は介在していなかったが——。

勇吹は一方的に「自分が抱く側」と思い込んでいるようで、今それを嬉しいとすら感じる自分が、秋には恥ずかしいというか、なぜかやけに照れ臭かった。

理由はいまいちわからない。

(いや、可愛いって思われてたのが嬉しいってやつだな、これは)

ならもう、あとはどうにでもなれだ。

「わかった。勇吹の好きなようにしていい」

「そう丸投げされても。経験がないって言ってるじゃないですか」

だったらもう少しは羞じらったり申し訳なさそうにしていてもいいように秋には思える。

「どこをどうしたらいいのか、教えてください」

「あー……」

そんな流れで、秋は自分が勇吹にどうしてほしいのか、全部言わされる羽目になってしまった。

しどろもどろに説明する秋の言葉に、勇吹が真面目に相槌を打つ状況が居たたまれない。全身赤くなっているのが勇吹には見えていないであろうことだけが秋の救いだ。

「で、ええと……最終的には、勇吹のこれを……」

手探りで、勇吹の足の間にあるものに辿《たど》り着く。少し固くなっているのがわかった途端、秋は自分で狼狽えるくらい嬉しくなってしまった。

「俺の、中に、まあ、入れればいいんだけど」

「……入りますか？」

そんな怪訝《けげん》そうに聞かないでほしい。

わざとやってるんでは、と疑りたくなるほど真剣な声だった。

「入る……いっぱい濡らして、準備すれば」

本当はこういう流れになりそうな時、秋は空気を読んで、自分が楽に気持ちよくなれるよう、事前にもう少しちゃんと準備をしておくものだが。

「……ちょっと待って」

秋の方は、勇吹にちょっと胸を弄《いじ》られるだけで、すっかり体はその気になっていた。

期待のせいか、触ってもいないのに、足の間にあるものはもう痛いくらい張り詰めている。

そっと自分でパジャマのズボンと下着を取り払って、相手には見えていないんだからと、思い切って膝立ちになった。そっと自分の指を唇に含んで、唾液を絡ませてから、後ろ手に尻の狭間にその指を伸ばす。

「……」

久しぶりの行為に、少しの緊張と、ほとんどは期待で胸を高鳴らせながら、ゆっくりと指を自分の中に差し入れた。

(足りない……よな)

しばらくそこを解《ほぐ》そうと試みるが、少し濡らした程度でどうにかなるものでもない。秋は「見えてない、見えてない」と自分に言い聞かせながら、反対の手で、支えてもいないのに上を向いている自分の性器を握った。

「……ん」

息を殺しながら、先端を掌で擦る。

しばらくそうしてから、姿勢を変えて、今度は尻を布団につけて座り直して膝を開いた。

(こんなの、勇吹に見られてたら軽く死ねる)

掌と性器の間で、くちゅくちゅと水音が立ち始める。秋にも見えないが、先端から先走りの体液が滲み出し、茎を伝って滴り落ちているのが感触でわかる。それを指で掬《すく》い上げるようにして、再び尻の狭間にある窄《すぼ》まりへと塗り込める。

「……何か」

ぼそりと、勇吹の声が聞こえる。

「すごい」

「え?」

いつの間にか目を閉じて行為に没頭していた秋は、勇吹の声で我に返った。

目を開けても勇吹のことは見えない。

が、なぜか視線を感じて、秋はぶわっと全身を赤くした。

「おっ、おま、まさか……見えてるんじゃないだろうな……⁉」

「夜目が利くもので、暗さに慣れました」

「はぁ⁉　冗談だろ、見えてないと思ったから――」

「大体わかりました」

慌てる秋の肩を、勇吹の両手が摑む。

ごくごく軽く体を押されただけなのに、秋はそのままころりと布団の上にひっくり返った。

そのついでのように膝を摑まれ、大きく広げられる。

「わかったって、何が……⁉」

「小沢さんのやろうとしてることが」

「え、ちょ……」

そう間を置かず、温かい液体を、さっきまで自分の指で弄っていたところに感じた。

それが何だかあまり真正面から考えたくないし、今自分の代わりにそこに触れているものが何であるかについても、想像したくない。

でも感触でわかってしまう。勇吹の舌が、たっぷりの唾液で、秋の窄まりを解そうとしている。

（抵抗とか、ないのか？）

あまりにためらいのない仕種に、秋は愕然《がくぜん》として、それから翻弄された。

「ぁ……、……中、指でも……触って……」

陥落するのはあっという間で、舌だけでは物足りず、そんなことをねだってしまう。

「浅いとこ、擦って……」

勇吹は秋に言われるまま、ぐっと中に指を押し入れてきた。

「――ここ？」

「んっ、うん……」

最初から勇吹は的確で、実は初めてなんて嘘《うそ》じゃないかと思いたくなるくらい、秋のいいところに触れてきた。

「ほ……ほんとに、経験、ないのか……？」

「小沢さんがわかりやすすぎるというか」

どうやら秋の様子を見て、より反応するところを執拗《しつよう》に攻めるやり方を、最初から取っているらしい。

これで冷静に触られていたら惨《みじ》めな気持ちにもなったかもしれないが、勇吹の呼吸が次第に上擦る感じになってきたのがわかったので、秋はただ嬉しかった。

「ん……もう、いいよ。勇吹も、したいだろ?」

そっと足を伸ばしてみたら、がちがちに固くなったものが爪先に触れた。びくっと、勇吹の体が跳ねたのがわかって愛しくなる。

「もう、大丈夫なものですか?」

「このままにされる方が、大丈夫じゃない……」

そうか、というふうに勇吹が頷いたのが、段々暗闇に慣れてきた目にわかる。

「ここ、あてて」

勇吹のものを指でも探り当て、そっと、自分の足の間に宛がわせる。

「ちょっと、きついかもしれないけど……平気だから」

指の感触だけで、勇吹のものの大きさがわかる。

それが今から自分の中に来るのか、と思ったら、少し怖《お》じ気づいて、あとはやっぱり、期待ばかりを感じる。

「——じゃあ」

勇吹が秋の脚を抱えると、秋の示す場所へと、ぐっと先端を押し当ててきた。

「……っ……」

久々だからか、そう簡単には受け入れることができない。

どうやって力を抜くんだっけと、知らずに強張《こわば》っていた体を宥《なだ》めながら思い出そうとする。

勇吹が動きを止めそうになったので、相手の腕に触れた。

「いい、大丈夫。早く気持ちよくなりたい」

本当はもっと時間をかけた方がいいのだろうが、とてもそんなのを待っていられない。

そんな秋の焦れた気持ちを汲《く》んだのか、それとも勇吹の方も余裕がなかったのか、もうさほど遠慮なく、先端が秋の中に入り込んできた。

「……っ、く……」

さすがに、張り出した部分を受け入れるのが、最初は辛い。

息を殺して圧迫感をやり過ごそうとしていたら、まるで宥めるようなキスが目許に降ってきた。

それがとても「愛しい」と伝えてくるような触れ方だったもので、秋の体から少し力が抜ける。

そのタイミングで、勇吹がさらに中へと押し入ってくる。

「ぁ……、……ん……」

声を漏らしながら、勇吹の息遣いを間近に感じた。苦しそうな、でもとても気持ちよさそうな吐息に、ぞくっと震えがくる。

「勇吹……、……気持ちいい？」

勇吹が頷いたのがわかる。

「……っ、……よかった……」

勇吹にも、ろくに触ってあげられなかった。本当はもっと時間をかけて、ねちねちといいところを触って、擦って、絞ってやりたかったのに。

勇吹が、一番深いところまで秋と繋《つな》がった。

そのまま達してしまいそうなのを堪えるように、しばらく動かずにいる。

小さく震える背中を指で撫でたら、勇吹が小声で悪態をついたのが聞こえたので、秋はちょっと笑ってしまう。

「好きに動いていいからさ……」

多分今はそれが、秋も一番満足できる気がする。

勇吹はどうにか一人で達する危機を回避したらしく、少ししてから、ゆっくりと秋の中で抜き挿しを始めた。

秋を慮《おもんぱか》ってはいるけれどどうしても自分本位にならずにはいられない——という葛藤がわかって、秋にはそれが嬉しい。

「ぜ……全然、いいよ、もっと、一杯動いて……」

煽《あお》るように言ってから、秋はそれを悔やんだ。勇吹は秋が思っているよりずいぶん切羽詰まっていたようで、動きが急に強く、速くなったのだ。

「あっ、嘘、ちょ、ぁ……」

今のは嘘だから、という言葉すら言えないくらい、体を揺さぶられる。

さすがに止めようと勇吹の腕を押さえようとするが、

「――秋」

不意打ちで名前を呼ばれて、その機会を秋は逸した。

(ここでまた、呼ぶか⁉)

小沢さんっていうのはやめないかと言い出したのは、秋だったが。

「あっ、ん……、ぁ……あ……！」

たかが名前を呼ばれただけで、それが麻薬とか媚薬《びやく》みたいに脳まで痺《しび》れる効果をもたらすとは、秋だって知らなかった。

「勇吹……、……勇吹」

だからおまえも同じようになっちゃえよと、それからずっと、秋も勇吹の名前を呼び続けた。

◇◇◇

「あき、つかれた？」

晄太に問われて、秋はぐったりと食卓に頭を預けたまま首を横に振った。

「いや……大丈夫、でもちょっと、眠いかな」

何しろ時計がないものだから、自分と勇吹が何時から始めて、終わったのがいつだったのか、秋にはわからない。

途中、勇吹が先に秋の中で達して、なのにまだ全然収まらないことに驚いたりした。また好き勝手に動かれたら壊れてしまうんじゃないかと怖くなって、今度は俺が動くからと、寝そべる勇吹の上で秋が好きなように動くつもりが、腰を摑まれて下から荒く突き上げられて、それがまた秋の好きなやりかただったから、次には秋がイった。

その後も布団に寝転んだままキスしたり触ったりしているうちにまた盛り上がって、また勇吹が好きなように動いて——秋が覚えている限り、勇吹はともかく秋が達したのは一回だけだったのに、途中で記憶がなくなっている。

(まあ、引きこもり生活が長かったし、体力がずいぶん落ちてたんだろうけど……)

朝になったらひとりで布団に寝ていた。

慌てて起き出すと、台所で身支度を調えて涼しい顔をしている勇吹と、いつもどおりふわふわの笑顔を見せる晄太がそこにいて、心からほっとした。

晄太がちゃんと戻ってきてくれたことと、どうやらぐちゃぐちゃになった布団は見られずにすんだらしいということと、両方に。

「ねる?」

晄太は生あくびばかりする秋のことが心配そうだ。

「大丈夫大丈夫」

秋が何とか身を起こして笑ってみせると、ようやく安心したように晄太が頷いた。

「適当に朝食作りましたから、ちゃんと晄太様に差し上げてくださいね」

「勇吹は食べていかないのか？」

いつもどおり早起きしたらしい勇吹の目が、多少なりともしょぼしょぼしていることについて、秋は忍び笑いを漏らしそうになった。自分だけじゃなかった。よかった。

「さすがに今日は、寝坊してしまったので。急いで戻ります」

「そっか……でもまた来るだろ？」

訊ねたら、当然のような頷きが返ってきた。

「晄太様がいらっしゃるところが、山守の居場所なので」

「はいはい」

別に秋がいるから戻ってくる、などという台詞《せりふ》を言ってほしいわけでもない。

起きた時に隣に勇吹がいないのはちょっと寂しかったが、そんなことはこの先も一緒にいられるらしいとわかっていれば、些細《ささい》なことだ。

朝食の前に、秋と晄太で、庵に戻る勇吹を見送りにいった。

「それでは失礼します、晄太様」

勇吹は優しい顔を晄太に向けた。最初に見た時は、多分少しぎこちない笑顔だったんだろうなと、今の自然な笑顔を見て秋は気づく。

「いぶき、いってらっしゃい」

またね、ではなく、いってらっしゃい。

晄太の言葉の変化に気づいた勇吹が少し目を見開いてから、さらに顔を綻《ほころ》ばせた。

「いってきます」

「いってらっしゃーい」

秋も晄太を真似て、勇吹を見送る言葉を口にする。

勇吹が靴を履いてから、ちらっと秋を見上げた。

「いってきます、秋」

「……」

何か言おうとする前に、勇吹がさっさと外に出て行ってしまう。

「──いってらっしゃい、勇吹！」

晄太を抱えて、玄関の外まで勇吹を追いかける。

はいはい、という感じに、後ろを向いたまま勇吹が手を挙げた。

「いってらっしゃあい」

晄太も元気に叫んで、勇吹の後ろ姿に手を振る。

ああ、今日もいい日になるんだろうなあと、暁太に出会って以来一度も疑わなかったことを、秋は今日も思った。

残念ながら運命です

1

「あき、だいじょうぶ？」

心配そうに、晄太《こうた》がこちらを覗《のぞ》き込んでいる。

「だ……大丈夫……ごめんな晄太、心配かけて」

秋《あき》はあまり日の当たらない北向きの部屋で仰向けに寝転び、ガンガンと痛む頭と吐き気を堪《こら》えつつ、情けない気分で晄太を見上げて、どうにか笑った。

晄太は笑い返すことなく、眉をハの字にしたまま、小さな手を秋の額にぺたりと当てた。秋は少し慌てる。

「汗掻《か》いてるから、汚れちゃうぞ」

「――そうですよ晄太様。その人に無闇に触ってはいけません、草むしりで汚れたままですし」

「うわっ、びっくりした」

冷ややかな声が唐突に頭上から降ってきて、秋は思わず身を震わせた。襖《ふすま》を開け放っていたから物音もしなかったのだ。秋の曽祖父の家、古い民家にはエアコンもなく、この真夏だというのに冷房がつけられないので、窓と部屋の入り口を開け放って風を入れている。

「足音殺して入ってくるなよ」

「わざわざ音を立てて歩く方が難しいですよ。――喋《しゃべ》れるなら充分ですね」

真っ青な顔に脂汗を浮かべてひっくり返っている秋とは対照的に、勇吹《いぶき》はいつもの白い作務《さむ》衣《え》を着ているせいもあってか、涼しげな様子に見える。汗ひとつ掻いていない。

その手には盥《たらい》があって、勇吹は秋の頭の横に膝をついて座ると、その盥から濡《ぬ》れたタオルを取り出した。カラカラと氷の音が聞こえたので、冷やした水を持ってきてくれたのだろう。

「晄太様、失礼します」

礼儀正しく言いながら、勇吹がそっと晄太の手を秋の額から外させる。代わりに、絞った濡れタオルが秋の額に乗せられた。

「あー……気持ちいい……」

タオルの冷たさに、秋は目を閉じて溜息《ためいき》をついた。

「まったく。今日は暑くなるから気をつけるようにと、朝あれほど言ったのに」

勇吹は口うるさい。が、それも自分を心配してのことだとわかっているので、秋は殊勝に「すみませんでした」と目を閉じたまま口にした。少し拗《す》ねた口調になってしまうのは、それにしたって勇吹の言い方があまりに頭ごなしで、あまりに呆《あき》れ返ったものだったから、ばつが

悪かったせいだ。

「だからちゃんと帽子も被《かぶ》ってたし、タオルも巻いてたし、水分も取ってたし、塩タブレットだって……」

「小沢《おざわ》さんはそもそも基礎体力がないっていうことを自覚してください。この間まで引きこもってたんだから」

「ひ、引きこもってたって言うな……」

しかし実際、勇吹の言うとおりだった。最近は晄太と一緒に買い物に行ったり、家の中の掃除などをしているので、そこそこ体力が戻ってきたような気がしてはいたが、しばらく家から、というかほとんど布団からも出ないような生活をしてきた代償は大きかったらしい。そろそろ夏の盛り、広い庭に蔓延《はびこ》った雑草は手入れしても手入れしてもしつこく姿を現し、今日こそ根こそぎ刈ってやろうと朝から張り切って草むしりをして——そして昼過ぎに目を回した。

「陽《ひ》も翳《かげ》ってきたし、昼飯だってちゃんと食べたし、大丈夫だと思ったんだけどなあ」

「晄太様もお住まいになる家をきちんと手入れしようという心懸けは買いますが、無駄な不安を抱かせるのは本末転倒です」

「……へぇい」

勇吹なりの労《いたわ》りだとわかっていても、弱った身に勇吹の立て板に水の如《ごと》くの叱責は沁《し》みる。

「——何て声出してるんですか」

情けない気分で息を漏らす秋の頬《ほお》に、ひやっとしたものが当たった。目を開けると、勇吹が苦笑を浮かべて秋を見下ろしている。

勇吹の眼差《まなざ》しは呆れ半分、でも愛《いと》しさ半分というふうに見えて、秋はやたらと照れ臭くなった。

「その調子じゃ暁太様のお世話もできないでしょうから、今日は泊まりますよ」

「え」

ついつい嬉《うれ》しげな顔になってしまったのだろう、今度は勇吹に鼻を摘まれた。

「反省してますか？」

「してる、してる」

勇吹は毎日この家に姿を見せるが、泊まることは滅多にない。仕方ないとわかっていても、秋にはそれがいつも少し寂しかったから、自分のせいで勇吹に手間をかけさせているというのに思わず顔を綻《ほころ》ばせてしまったのだ。

「あとで夕飯を作りに戻ります。それまでうろちょろしてないで、ちゃんと寝てるように」

偉そうな、嫌味っぽい口調で言われても、笑みが止まらない。そんな秋の顔を見て、勇吹がいかにも「しょうがないな、この人は」という表情になるのもまた、嬉しいというか、くすぐったいというか。

最後にもう一度秋の頬を指の腹で撫《な》でてから、勇吹が立ち上がる。もう行ってしまうのか

――という寂しい気持ちを、秋はそう長く持ち続けることはできなかった。ちょっとした立ちくらみ程度だと思っていたのが、本格的な暑気中《あた》りだったようで、熱は出るし、吐き気は止まらないし、腹は下るしで散々な状態になってしまったのだ。

翌日になっても熱の下がらない秋に、さすがに勇吹も皮肉を引っ込めて心配してくれた。

「医者を呼びますか？」

「いや、食事も水分も取れてるし、大丈夫」

ただの夏バテで病院にかかるのも気が引けるというか、この暑さで病院に行けば余計に具合が悪くなる気もしたので、秋はただただ大人しく寝ていることにする。

「晄太様はあまり小沢さんの近くにいない方がいいと思うので、昼間あまりそばにいたがっても、できるだけ別の部屋にいるよう言い含めてください」

勇吹は夜泊まり込んでくれたが、山守《やまもり》の仕事があるので朝になれば出て行かなければならない。晄太は勇吹に何か言われたのか、廊下から襖越しに秋の様子を見ているだけで、部屋に入ろうとしていなかった。

「バテただけで夏風邪ってわけじゃないと思うけど、近づかない方がいいもんか？」

実年齢はともかく小さな子供に看病をしてもらう気も、そばで心配ばかりさせる気もなかったが、ただ不思議になって秋は勇吹に問い返した。

「風邪ではなくとも、今の小沢さんは弱った体に邪気のようなものを纏《まと》わり付かせていますから」

勇吹が頷《うなず》く。

「――本来であれば、山神様は些細《ささい》な邪気なら容易《たやす》く祓《はら》い、寄せ付けないようにもできるはずですが……」

勇吹が晄太にあまり聞かせたくないというふうに、横たわる秋の耳許《みみもと》に口を寄せて囁《ささや》いた。

「晄太様は、まだ修行中ではありますので。そもそも清浄な御山に比べて人の居る街は不浄なものが多い。あまり不用意に邪気を纏った人のそばにいるのは、いいことではないんです。晄太様は小沢さんを好いていますし、あなたから受ける影響というものも大きいようなので」

「えっ、じゃあ俺、入院とかした方がいい……？　それか、また一時的に晄太を山に返すとか……」

慌てる秋に、勇吹が苦笑して首を振った。

「一日中べったり側《そば》にいる、というほどじゃなければ大丈夫だと思いますよ。無理に引き離せばまた、御心を乱されるかもしれませんし」

「……そうか、もしかして、俺一人の話ってもんでもなかったのか……」

もう少し深刻に捉える必要があったのかもしれない。顔を曇らせる秋の額に、勇吹が替えのタオルを、少し乱暴にぴしゃりと載せた。

「冷てっ」

「そうそう思い上がらなくて結構ですよ、できれば離れた方がいい、という程度ですから。晄太様と一番繋《つな》がりの深い人間は山守である俺です。俺が健在なら、小沢さんが無駄に不安がる必要もありません。不安は邪気を呼ぶから、悪循環は避けるように」

冷たく取り澄ましたように言う勇吹の本意なんて、秋にはもうしっかり理解できてしまう。

「わかった。俺はちゃんと大人しく休んで、一刻も早く元気になるよう努める」

「いいでしょう」

偉そうな、満足そうな様子で頷く勇吹に、秋は笑いを噛《か》み殺しつつ、その腕にそっと触れた。

「っていうかさ、気になってたんだけど、勇吹」

「何ですか」

「また『小沢さん』に戻ってるの、何で？」

「……」

お互い気持ちを伝え合って、体も繋いだ時には、苗字ではなくもっと親しく『秋』と呼んでくれたはずなのだが。

気づけば勇吹はまた、他人行儀な呼び方に戻っている。

それが少し不満で、若干の甘える心地もあり訊《たず》ねてみた秋を、勇吹が半眼になって見下ろした。

「誘惑するなら、それ相応の体調になってからにしてください」

「ゆ……っ、……いや、誘ったか誘ってないかって言われたら、まあ誘ってるんだけど」

　はあ、と勇吹が大袈裟《おおげさ》に溜息を吐《つ》いた。

「こちらは具合の悪い人に無体なことを強いるような人でなしではありませんので。暁太様にはあまり近づかないようにと釘《くぎ》を刺しておいて、小沢さんといちゃいちゃするわけにはいかないんですよ」

　やれやれ、とばかりに首を振ってから立ち上がる勇吹を、秋は熱のせいだけではなく顔を赤らめながら見上げた。勇吹は恋愛慣れしていないという割に、いやむしろそのせいか、時々とんでもなく恥ずかしいことを平然とした顔で口にするから、そこそこ慣れているつもりの秋の方が動揺させられてしまう。

（誘惑とか、いちゃいちゃとか、語彙《ごい》が独特なんだよなあ）

　照れ隠しのため、秋は腹にかけていた夏掛けを口許まで引き上げた。

「昼にも一度様子を見に来ます。暁太様と家のことは何も心配なさらず」

「……ん、ありがとう」

　暁太が、襖の向こうでじっと秋を見ている。秋が少し頭を起こして笑いかけると、暁太も嬉しげに笑って、一生懸命頷きを返してくる様子がいじらしく感じる。

　あまり心配をかけないように、それに間違っても邪気とやらの影響を暁太が受けることがないようにと、秋はひたすら大人しく休んだ。

そのおかげで寝付いてから三日目ともなればずいぶん体力が回復して、明日にはいつも通りに起き上がれそうな体調が戻ってきた。

実家の母親から連絡が来たのは、そんな矢先だ。

『お父さんの以前の上司の方で、一度秋と話してみようかっていう人がいて。顔が広い方みたいでね』

就職口を世話してくれる——という話のようだった。母親を含め家族は皆、秋が当然のように実家に戻ってくると思っている。布団の上に身を起こしながら、秋は表情を曇らせた。

(叔父さんもそう思ってるままだろうし……)

この家はすでに売りに出されていて、買い手はほぼ決まっているのだ。だから秋は、遅くとも年内にはここを出ていかなければならないことになっている。

(その後は、勇吹の庵《いおり》に世話になるかもって話、まだしてないんだから)

勇吹はそう提案してくれた。この家に住めなくなるのなら、自分の家に来ればいいと。晄太の修行はまだ終わっていないし、本来であればその間は勇吹の許で暮らす予定だったから、山守である勇吹にとっては、晄太ごと秋が自分の庵に戻ってくれた方が都合がいいほどらしい。

——だがその一連の事情について、秋は家族にどう説明していいのかわからず、伝えあぐねていた。

(『山神様』のことも『山守』のことも、母さんたちは忘れてる……知らないんだから)

この町で暮らしていれば当たり前に感じる『山神様』の存在が、別の土地にいれば荒唐無稽なお伽噺《とぎばなし》の類に聞こえることは、秋にもわかる。心身の療養のために、ということでここに来た自分が、神様がどうの、山守がどうのと言い出せば、家族に要らぬ心配をかけるだろうし、下手をすれば無理矢理連れ戻されることだって考えられる。

『けど、そんなに焦る必要はないからね。ご近所のアルバイトから始めるっていうのでも、私やお父さんは全然構わないから』

最大限に自分を気遣ってくれている家族に、秋はまだ、自分の気持ちを話す決心がつかない。

(勇吹と……年下の同性とここでずっと一緒に暮らすっていう、正当な理由が、まだ)

勇吹が好きだし、離れたくない。勿論《もちろん》暁太のこともある。

だが仕事は。この先もここで暮らすとして、すべてを勇吹に頼るわけにはいかない。住居は五浦《ごうら》の持ち物だから家賃もいらないし、食事は自給自足と山守、山神に対する街の人からの好意で足りると勇吹は言う。この町でなら、暁太に気に入られている秋も、働かずして生きていけるのかもしれない。実際、ここに来てから秋は自分の金をほとんど使っていない。食べ物はしょっちゅうご近所の人がお裾分けしてくれるし、その他の生活用品を店で買おうとしても「暁太様の分だから」と代金を受け取ってもらえないのだ。

(でも、ずっとそうしてるわけにもいかないだろ)

そんな夢のような生活が続いているのは、今が休養中だからだ。壊れた体と気持ちを治すための猶予期間。そう言い訳できるから、人に甘えてばかりの自分を許せる。

だが一生そんなふうに暮らすなんて考えられない。

『秋？　まだ、あんまり調子よくない？』

母親から不安そうに呼びかけられて、秋は自分が黙り込んでしまっていたことに気づいた。

「ごめん、大丈夫。……でもあともう少し、時間ください。もっとしっかり、将来のことも考えるから……」

『いいのいいの、焦らないでね。秋が無理するのが、お母さんもお父さんも、一番嫌だからね』

ひどく申し訳なさを感じながら、秋は母親との電話を切った。

「……あき？」

スマホを手に深く溜息をついた時、遠慮がちに呼びかけてくる暁太の声が聞こえた。暁太は日に何度も秋の様子を確かめには来るものの、勇吹の言いつけを守って、部屋に入ろうとしない。

秋は小首を傾《かし》げている暁太を見て、顔を綻ばせながら小さく手招きした。暁太がパッと嬉しそうな表情になると、小走りに秋のそばにやってくる。

「あき、もう、げんき？」

顔を覗き込んでくる暁太に、秋は頷いた。

「うん。今晩はまだ、勇吹が来てくれるまで大人しくしてるつもりだけど……」

「あき、げんき！」

晄太が細い腕を秋の首に回して、ぎゅっと抱きついてくる。体の奥底から愛しさが込み上げてきて、秋も晄太の小さな体を抱き締めた。

「ごめんな、晄太にも、心配かけて」

晄太が秋の肩口に額を押しつけながら、ぶんぶんと首を振っている。まだ言葉の拙い晄太と、それなりに意思疎通はできている気がしていたが――最近はもう少しだけしっかりと、自分の言うことが相手に伝わり、相手の気持ちも間違いなく把握できているという手応えを、秋は感じていた。

「っていうか……晄太、ちょっと、背が伸びたか……？」

心なしか、抱き締めた時の感覚が、以前と違う気がする。とはいえ正確に背丈を測ったこともないので、確信は持てないが。

「……おまえ、大きくなるのか？」

晄太を抱き直し、膝に乗せて訊ねても、きょとんとした顔で見上げられるばかりだ。

このくらいの歳《とし》の子供なら日々成長するのは当たり前だろうが、何しろ晄太は神様だ。しかも長い間この姿でいるらしいのに、普通の子供のように大きくなっていくものなのだろうか。

「こうたも、ねる」

甘えるように、晄太が今度は秋の胴に抱きついてくる。いつも一緒に寝ていたのに、ここ二晩は秋と離れ、勇吹と寝ていたから、寂しかったのだろう。

（もうほとんど体調は元どおりだし、いいか）

秋だって、いつも隣にいる温かい小さな体がないことが、寂しかった。

「よし、じゃあ勇吹が来るまで、昼寝だ」

「うん！」

秋は晄太ごと、再び布団に横になった。

◇◇◇

翌日になると、予想通り、秋の体調はすっかりよくなった。

「ごめんな勇吹、食事とか色々、助かった」

勇吹が泊まるのもゆうべが最後だ。今朝は秋の方が早起きして、三人分の朝食を支度して、客間から一人で起きてきた勇吹を迎えた。

「まあ、いつも晄太様のお世話をお任せしているのは、こちらなので」

秋から改めて礼を言われて満更でもない様子で、勇吹が頷く。

「じゃあ今晩からは、家に戻りますね」

「あー……」

白飯を茶碗《ちゃわん》によそいつつ、勇吹はダイニングテーブルに箸を並べている勇吹を振り返った。

「思ったんだけどさ。っていうかいつも思うんだけど、家、近いんだし。別に帰らなくてもよくないか？」

勇吹が朝早くから山守としての務めを果たすため、山神様がいるという御山の麓の庵にいなければいけないことは、秋もわかっている。晄太はここで食事を取っているが、彼だけではなく『母神様』のためにも、『神饌《みけ》』を捧《ささ》げなければならず、そのための支度、食材の用意だけではなくお浄《きよ》めやら何やらが必要だとか。

「俺も晄太も、早起きするのは特に苦じゃないし。夜帰るのも朝帰るのも一緒じゃないかなー、とか……」

庵まで勇吹の足で三十分以上かかるようだし、朝起きてから帰るより、夜のうちに帰って起きたらすぐに仕事にかかれる方が楽だろうということは、秋にもわかる。事実勇吹もそう言って、いつも夕食を終えると庵に帰ってしまう。

（でも、夜居てくれた方が、嬉しいんだよなあ……何となく）

この三晩、勇吹が同じ家にいると思うだけで嬉しかったし、安心できた。

「毎日そうしてくれってわけじゃないけど……」

断られても仕方がないが、言うだけは言ってみようと口にした秋を、勇吹が何とも言いがたい眼差しで見ていた。微《かす》かに溜息までついている。

「俺に毎晩生殺しの気分を味わえと」

「えっ」

「ここ三日は、具合が悪いのがわかってましたけど。健康な小沢さんとひとつ屋根の下で寝起きして、でも何もせず毎日過ごせっていうのは、少し酷じゃないですか」

勇吹は真面目な顔をしている。

秋の方は、赤くなるのが止められなかった。

「が……我慢してた、もしかして？」

「そうじゃないとでも思ってたんですか」

今度は、じろりと睨《にら》み下ろされてしまう。

「経験豊富な小沢さんには平気なのかもしれませんが。夜のうちに離れて煩悩《ぼんのう》を断ちきっておかないと、清廉な気分で山神様にお仕えするのが難しいんですよ、こっちは」

「えぇぇ……そっか……」

秋は頭を抱えたくなった。

勇吹と初めて体を重ねたのが、ひと月ほど前。それ以来、キスは何度かしたが、それ以上のことは特に何もなく過ごしてきた。勇吹は夜になると帰ってしまうし、ここにいる間は常に晄太も一緒なのだ。

晄太は夜が深くなる前に眠ってしまうから、布団に寝かしつけてしまえば、一応二人きりにはなれる。が、眠っている晄太を放っておいて、「いちゃいちゃする」という以上の空気で寄り添うことは、なかなか難しい。

「……いや全然その気がないとかはさすがに思ってなかったけど、山守としての使命？　みたいなものを優先するつもりなんだろうなって……、……ごめん、我慢してるのは俺の方って気分だった」

はぁ、と勇吹がわざとらしいほど大仰な溜息をつくのを見て、秋は慌てる。

「ほら、庵での暮らしは慎ましいものだって言うしさ。もしかしたら貞節なんてものも必要なのかな、俺と寝たってことは清らかな体じゃないと駄目ってこともないんだろうけど、色欲に溺れたらいけないみたいなあれがあるのかなー、だったらそれを邪魔するわけにもいかないしなー、みたいな……」

「小沢さんが小沢さんなりに頭を使って色々考えてくださったのは、わかりますが」

勇吹は相変わらず真面目な顔のままだったので、嫌味を言われているのか、感謝されているのか、それ以外の感情があるのか、秋にはいまいちわからない。いや、単純に呆れられていることはひしひしと感じる。

「貞節云々《うんぬん》が重要なら、小沢さんに自分の庵に住めばいいなんて言い出しませんよ。この家より狭い庵で、おそらく床を並べて寝るような状態で、何もしないでいられるわけがないでしょう」

「そ、そんな堂々と言われても……そりゃあ初めてだった勇吹よりは経験あるかもしれないけど、我慢しないとって自分に言い聞かせたりとかは初めてだぞ、俺も」

責めるつもりというか、皮肉に言い返してやったつもりだったのに、勇吹が黙り込んだかと思うと、口許を押さえて顔を逸《そ》らしたので、秋は首を捻《ひね》った。

「何だよ?」

「……だから。人を誘惑するなら、時と場合を考えてくださいって言ってるんですよ」

勇吹の耳がやけに赤い。——なるほど、たしかに勇吹は勇吹で我慢しているんだなとわかって、秋は晄太の前だというのに思い切り抱きつきたい衝動にかられて困った。晄太はなかなか朝食が始まらないことが不思議だというように、秋と勇吹のことを見上げている。秋は慌てて配膳の続きを始めた。勇吹もどうにか取り繕ったような態度で秋を手伝って、やっと食事が始まった。

「晄太、箸、上手になったなあ」

「うん」

少し前は、箸をきちんと握ることも覚束《おぼつか》なかったのに、今の晄太は器用に焼き魚の身を解《ほぐ》している。

「ほらな、練習すれば、ちゃんとできるようになるんだよ」

「――そのあたりはもう、小沢さんを信用していますから、お任せします」

以前は晄太自ら魚の骨を取らせるなんてと、山神様に手間をかけさせることを嫌がっていた勇吹も、晄太の様子を見て表情を緩めていた。

「以前よりずっとこちらの話に耳を傾けてくれるようになりましたし、小沢さんには感謝しかしていませんよ、今では」

今では、などといちいちつけ足すところが余計なのだが、そういう勇吹の言い回しにももう慣れた。秋は「そうだろう」と威張っておいてから、何となく、ちらりと勇吹のことを見上げた。すぐに勇吹が秋の視線に気づく。

「何ですか」

問われて、秋は小さく首を振った。

「いや……何でもない。信頼してくれて嬉しいなって思っただけ」

本当は、勇吹に聞きたいことがあったのに、言い出せなかった。

――前に山守は結婚しないって言ってたけど、それって『奥さんは駄目だけど、恋人はいい』っていう話なのか?

それがずっと気になっている。

（山守は結婚しちゃいけないっていう制約みたいなものがあるのか……それとも、勇吹にするつもりがないっていうだけだったのか……）

気になるのに聞けないのは、それをたしかめれば、もしかしたら「この先ずっと勇吹と一緒に暮らせる」という確約ができてしまうかもしれないからだ。

そうしたい、そうなればいいなと、強く思ってはいるのに。

今の秋にとって、もう暁太や勇吹のいない生活なんて考えられない。けれど今すぐその未来が全部確定してしまうということに、どうしても尻込みしてしまう。

（やっぱり仕事のこととか、ちゃんと考えてからじゃないと、駄目だよな）

仕事、と考えるとどうしても秋の心が重たくなる。この町で働き口を見つけることはそもそも難しいのだと勇吹が言っていた。それでどうにか再就職できたとして、また失敗したら。人とうまくやれず、また布団から起き上がれない日々がやってくるとしたら。

（それこそ『邪気』がついてるような状態なんじゃないか。暁太が近づいたら駄目な人間になっちゃうんじゃないか？）

ぐるぐると考え込んでいた秋は、不意に自分の膝にぺたりと小さな手が当てられたことに気づいて、我に返った。暁太が、隣の椅子から秋の膝に乗り移ろうとしている。

「わっ、暁太、危ない。ごはんの時は駄目だろ」

慌てて、秋は暁太の体を摑《つか》んで椅子に戻そうとしたが、暁太は目一杯首を振って、どうしても秋の膝に移りたがっている。

「急に黙り込むから、小沢さんの具合がまだ悪いんじゃないかと心配してるんじゃないですか、暁太様は」

見ていた勇吹が言った。なるほど、見下ろすと、暁太はたしかに心配げな目を秋の方に向けている。秋は暁太の体を抱き直し、自分の膝に乗せた。

「ごめんごめん、大丈夫。優しいなあ、暁太は」

「まだ本調子じゃないいんじゃないですか」

そしてどうも勇吹も、秋の体調を慮《おもんばか》ってくれていたようだ。

「もう全然平気だよ」

笑ってみせるが、勇吹がどこか疑わしそうな眼差しを秋に向けてくる。

「——小沢さんがそう言うなら、いいです」

不自然に黙り込んでしまったことを追及されるかと思ったが、勇吹は小さく頷くと、食事の続きを始めている。

（とりあえず……保留、もう少しだけ）

先延ばしにしても仕方がないことは承知しているものの、せめてあともう少しだけ、面倒なことは何も考えずに暁太と勇吹と一緒に、楽しく過ごしていたい。

そう思いながら、秋も暁太を膝に乗せて、食事を続けた。

2

秋《あき》が数日寝込んでいたことは、近所中に知れ渡っているようだ。

「あら秋さん、大丈夫？　夏バテですってね、ちゃんとご飯食べなくちゃ駄目よ。これ、お漬物ね、塩分しっかり取りなさい」

「すみません、ありがとうございます」

八百屋の奥さんが、自家製という野菜の漬物をたっぷり手渡してくれる。

食材の買い出しのため、晄太《こうた》と手を繋いですずかけ商店街に買い物にいく道すがらも、顔を合わせる人から声をかけられ、心配されて、精のつきそうな食べ物だとか、見舞いの花だとか、保冷ボックスに詰まった氷までもらってしまった。

「おいくらですか」

「いいのいいの、いつも言ってるでしょう、これは山神様へのご供物《くもつ》なんだからって」

「いや、でも、俺用にっていうことみたいだし……」

「秋さんは山守のお手伝いをしてるんでしょ、同じことよ」

誰もがそう言って、秋から金銭を受け取ろうとしない。秋はそのことに、日増しに居心地の悪さを感じてきてしまっていた。

（身内みたいな扱いだから……っていうのは、頭ではわかるんだけど）

都内の新興住宅地で育った秋には、ご近所へのお裾分け、親しい知り合いに商品を融通する――という感覚が、いまいちわからない。

そこに据わりの悪さを感じるのは、自分がまだ観光客というか、一時的な休息に来た余所《よそ》の人間という意識があるからなのだろう。

（やっぱり呑気《のんき》なこと言ってないで、一刻も早く、仕事を探そう）

一人でも地に足の着いた暮らしができる算段がつけば、覚悟を決めて勇吹《いぶき》の庵に移り住める気がする。気を揉《も》んで働き口の伝手《つて》を探してくれているらしい両親には悪いが、どうしてもこの町を出て行きたくはない。

家に戻ったらインターネットで検索しよう、と思いつつ、秋は予定以上の量になってしまった買い物の荷物を両手で抱え、帰り道を歩く。

家に辿《たど》り着く直前、道の向こうから、ひどく不機嫌な顔で足取り荒く歩いてくる老人に秋は気づいた。

「こんにちは、紺野《こんの》さん」

八十歳は超えているように見えるが、矍鑠《かくしゃく》としている男性だ。秋の、というか祖父母の暮らしていた家の斜向《はすむ》かいに住んでいるので、よく顔を合わせる。

「ああ、あんた。夏バテで寝込んでたんだって、情けない」

そして割と口うるさい方というか、説教好きというか、端的に言って偏屈だ。晄太と出会って気分が癒される前に遭遇していたら、多分自分はパワハラ上司を思い出してしまってこの土地で暮らせなかっただろうなあ、というほどに。

「おかげさまで、もうすっかり元気ですよ」

「山神様のお世話が足りないんだよ。あんた余所から来て、山神様の子に好かれるっていうならよっぽどちゃんとしてはいるんだろうけど、まだ信心がさ。足りねぇんだ、だから暑さなんかにやられるんだよ。もっと誠心誠意を持って山神様にお仕えしないと」

「はい」

紺野は数年前に息子一家が仕事の都合で県外に引っ越し、それ以来ますます偏屈なのだと、近所の人から聞いた。言い返せばヒートアップするから全部受け流した方がいいというアドバイスも一緒に貰《もら》ったので、秋もそのようにしている。

「ウチもさ、バカ息子たちが出てっちゃったせいで、山神様にお叱りばっか受けてんだ」

「ああ、また何か、調子が悪いですか？」

紺野の家は古く、あまり手入れがされていないようなので、年季の入った家電がちょくちょく壊れてしまうらしい。その都度「山神様がお怒りだから」と勇吹が呼び出され、紺野家に向かう姿を見たことがある。

『信心深いご高齢者のお宅で、昔購入した家電がちょうど壊れる頃合いなんですよね』

以前、苦笑気味に勇吹が言っていた。物を大事にする世代、かつ山神信仰を強く持つ世代の合わせ技で、ちょっとした家電や家の不具合が、すぐ『山神様の罰』に結びつけられてしまうと。

『メーカーの修理センターか、工務店に連絡してもらった方が早い場合がほとんどなんですけど』

「コンロの火がつかねえんだよ。捻ってもパチとも言わねえ」

案の定だ。それで紺野はいつにも増して不機嫌な顔をしているらしい。そしてこれからおそらく、勇吹のところへ向かうところだったに違いない。勇吹は携帯電話も固定電話も持っておらず、山守に用事がある者は、直接庵に出向かなければならない。

『スマホがあった方が、そりゃあ便利だとは思いますよ。ただ、お務めを電話だのメールだので邪魔されるのは迷惑ですし、気軽に便利屋扱いで呼び出されても困りますし、何より山神様への信仰が深い年配の方は「電話なんかで気軽に山守を呼び出すな、格が下がる」と言って、そういうのを嫌がりますから』

今日もまだ暑いし、紺野の年齢で庵とここを往復するのも大変だろう。勇吹の手間を増やすのも気の毒だ。

「よかったら、俺が見てみましょうか」

おまえなんかじゃ山守の代わりにはならない――と突っぱねられるかと思ったが、紺野は秋の隣で大人しくしている暁太をちらりと見下ろして、頷いた。

「そりゃ、助かるよ」

「じゃあちょっと、この荷物だけ置いてきますね」

そう告げて、秋は一度自分の家に戻ると買ったものを置いて、暁太と共に紺野家の戸を叩《たた》いた。

コンロの様子を見てみると、案の定、電池が切れたせいで火がつかなくなっているだけのようだった。

「電池を替えたらまだ使えますよ」

一人住まいだが紺野はきちんと家の手入れをしていて、念のためとこっそりゴムホースの劣化度なども確認してみたが、何の問題もない。

「そうだろう、そうだろう、あのバカ息子らがせっかく山神様に守られてるこの土地を捨てて出て行ったりするから、罰《ばち》が当たったんだ」

紺野は一人で憤慨している。

「え？　いや、ただの電池切れだから――」

「信心が足りないから、電池なんか切れるんだ。山神様がお怒りなさってな」

秋は自分のそばにしゃがみ、面白そうに秋の家のものよりもずいぶん古いタイプのコンロを眺めている晄太を、見下ろした。

(この人の中では、神様って、そんなケチ臭いもんなのか?)

おそらく罰がどうこうというのは後付けで、とにかく息子たちが家を出て行ってしまったことが、紺野にとっては気に入らないのだろう。だから秋の話をまともに聞こうとしない。

(まあコンロが直ったなら、いいか)

信仰心について、秋は完全なる門外漢だ。あまり余計なことを言って怒らせるのも面倒だしと、愛想よく笑って、「それじゃ俺は戻りますね」と紺野に告げる。

「ああ、でも、あんたじゃちょっと不安だから、あとで五浦の山守にも見てもらえるよう言ってくれないか。またすぐ壊れたんじゃかなわん」

「えっ?」

晄太を連れて玄関に向かう途中で、秋は驚いて紺野を振り返った。紺野は厳粛な顔をしている。

「いや、電池が切れるまで、当分大丈夫ですよ。あ、もうそのメーカーは潰れてるから、次にどこか壊れたら、修理じゃなくて買い直しになると思いますけど」

「いいからごちゃごちゃ言わないで、五浦のを呼べ」

こちらの言葉を遮るように、頭ごなしの口調で言う紺野に、秋は身が竦《すく》みそうになった。だが、ぎゅっと晄太に手を握られて、我に返る。晄太はどこか心配そうな顔で秋を見上げている。

ここで怯《おび》えて泣いて帰るなんて、晄太に対してみっともない。秋は怯《ひる》まずに、紺野を見返した。

「コンロの不調は、山神様の罰じゃありません。な、晄太？　そんな意地悪しないよな？」

「うん」

晄太が大きく頷くと、紺野が大きく舌打ちする。

「子供の方じゃない。母神様の方だ。そっちはまだ修行中なんだろ、大した力があるわけじゃ――」

鼻息荒く言う途中で、紺野は秋の驚いた顔に気づいたのか、急にばつの悪そうな表情になると背を向けた。

「まあ直ったならいい」

まるで追い払うように手を振る紺野に、何かもう一言言ってやりたいような気分もあったが、秋は何とかそれを収めて紺野の家を後にした。

◇◇◇

「ああ――それは、何というか。すみません、本来は俺の仕事なので、全部俺に回してください」

夕食時、今日も家に姿を見せた勇吹に紺野とのことを話すと、苦笑いと共にそんな言葉が返ってきた。

「小沢《おざわ》さんが躍起になって言い返さないでくれてよかったですよ。紺野さんは少し、依怙地《いこじ》なところがあるから」

「少しってもんじゃないだろ、あれ。暁太の前で、暁太を侮《あなど》るようなこと言うとかさ」

秋にはそれが気に喰《く》わない。

「大体信仰が足りないから家電が壊れるとか、夏バテになるとか、ありえないだろ。信仰心で家電が故障しないなら、みんな必死に神様に祈るっての」

腹の虫が治まらずにブツブツ言う秋を見て、勇吹がまだ苦笑している。

「それが、そうとも言い切れないところもあるんですよ」

「え？　……マジで？」

「他の土地ではどうなのかは、知りませんけどね。信心が足りないというか、心がけが悪い時に心身に悪影響が出るのは、ないことではないんです」

「そうなのか……気の持ちよう、とはまた違う話で？」

「いえ、そういう話ではあります。気の巡りが悪いというか……どこまで信じるかは、小沢さんの自由ですけど」

「いや勇吹が言うなら普通に信じるよ」

勇吹が自分を騙《だま》す意味も利益もないだろう。そう思って答えると、勇吹が少し嬉しげな顔をしたふうに見えて、秋はなぜかやたら照れ臭い気分になってしまった。

「ええと、でも前に、家電壊れるのとかはほとんどは思い込みって勇吹が——あ、そっか、『ほとんど』ってことは、『少数は思い込みじゃない』ってことか。こないだ『邪気』って言ってたのが、そういう……？」

「ですね。落ち込めば生活が乱れて病気になりやすいとか、そういうものとの区別をつけるのは難しいと思いますが。山守にしかわからない感覚でもあるので、気のせいといわれればそれまでなんですけど、信仰が薄れると山神様の加護が弱まるのはわかります。この土地は平均寿命が近隣に比べて高くて、事故や事件の件数も極端に少ない、というデータがあるんですが、理由は不明なんです」

「それって、山神様を信じてたらいいことずくめってことだよな」

「ただ、地方のご多分に漏れず、ここも過疎化が進んでいます。インターネットでいくらでも情報が得られますからね、信心深い大人を見た若者が、それを古臭い、これだから田舎は……と思う気持ちは止められない」

秋の母親も土地を離れた人だ。紺野の息子も、仕事の都合で出て行ったという。

「……守られて何も起きない間は、守られていること自体に気づかないって感じかな……」

前に勤めていた会社で、システムエンジニアの同期が嘆いていたのを思い出す。社内システムをしっかりと保守をしていたからこそ何の問題も起きず、そのせいで「こんなにSEは必要ない」と人員整理をされてしまい、結果的に数日間業務に支障を来《きた》すレベルでシステムダウンを起こし、そのメンテナンスで連日徹夜をする羽目になったと。

「『山神様のご加護があるから街に残りなさい』と唾を飛ばして力説したところで、若者にはますます敬遠されるばかりです。だから五浦では、できる限り街に縁のある者の雇用を積極的に進めようと努力しています」

「ああ、それで、勇吹が前に五浦の会社は親族経営で、身内と土地の人しか雇わないって言ってたわけか」

余所者を排除するようにも聞こえて、ずいぶん閉鎖的な土地だと感じたが、実際そうなるよう意図しているのだろう。

「闇雲に土地に人が増えればいいわけではありませんから。長く土地に根ざし、子を育み、次代へと山神様への畏敬を伝えてくれる人を増やすための努力です」

じゃあもし自分が、ずっとここに住むことを決めたら、自分でもここで働き口が見つけることも可能だろうか——と訊ねようとして、秋は思い留《とど》まった。

（子を育み、か……）

それは秋にはできない相談だ。ここにいたいのは勇吹といたいという意味であって、誰か女性と結婚して家を買いたいとか、そういう話ではない。

「あき。なやみごと？」

黙りこくってしまった秋は、晄太の声を聞いて我に返った。晄太は隣の席から、秋をじっと見上げている。

「さいきん、ずっと、むずかしいかおをしてる」

「あ、ごめんな、食事の最中なのに──」

「あきはかんがえすぎるから。また、おきれなくなる」

「……、……え、あれ」

秋はまじまじと晄太を見て、何か言おうとして口を噤《つぐ》んでから、向かいに座る勇吹の方に目を移した。

勇吹も小さく目を見開き、驚いた様子で晄太のことを見ていた。

「晄太、なんて言うか、よく……喋るな？」

見た目が三歳ほどなのに、その年頃の人間と比べれば語彙が少なく、言葉遣いもたどたどしく、単語を繋げて喋ることしかできなかったはずだ。

「……そうか。成長、してるんだ」

どこか感慨深いような口調で、勇吹が呟《つぶや》いた。

「最近少し背が伸びたような気がしていたけど、勘違いじゃなかった……」

それは秋も感じていたことだ。心と体と、両方が少しずつ成長してきているらしい。

「やっと……」

心なしか勇吹の目が潤んでいるように見える。

暁太は一人前の山神になるために勇吹に預けられたものの、ずいぶんと幼く、秋と出会った当初は感情のままに泣き喚《わめ》いたりしていたし、勇吹は少し手を焼いている様子だった。勇吹が未熟だから暁太も未熟なのではと秋が指摘したことに、痛いところを突かれたと苦笑いしていた。

「――ありがとうございます、小沢さんのおかげです」

その勇吹に深々と頭を下げられ、秋は慌てる。

「え、いや、俺は別に」

「小沢さんと暮らすうちに、明らかに暁太様は変わっていっています。言ったでしょう、小沢さんと出会う前、暁太様は笑うことすらなく、ただ自分の意に染まないことを嫌がるだけの小さな子供でした」

『土地の者にとっては、山神様がただの子供では困る。信仰の拠《よ》り所がなくなってしまう』

以前勇吹がそう言っていたこと、そして昼間の紺野の態度を秋は思い出した。暁太は、ただの子供のままではいけないのだ。暁太は一人前の山神になるべく、修行のためにここにいるのだから。

いずれは山に帰るとは聞いていた。それはもしかしたら、秋が思っているよりもずっと早い時期のことなのかもしれない。

それは勇吹の、街の人たちの、暁太の母親の願いなのだから、喜ばしいことなのだ。

(それを俺が寂しいなんて思っちゃ駄目だろ。ましてや、不安になるとか……)

だが、秋にはどうしても手放しで喜べない。暁太との暮らしがいつか終わってしまうものだという現実を突きつけられ、そうなった時に自分が果たしてこの土地に——勇吹のそばにいるための理由があるのかという心許なさのせいで。

「……それと、変わったのは暁太様だけじゃないと思います」

どこか茫然《ぼうぜん》としている秋に、勇吹が言った。

「山神である俺と、暁太様の繋がりは深い。俺自身が……小沢さんとの出会いでいろいろと、その、学んだといいますか。悔しいですが」

勇吹の言葉に、秋はつい噴き出した。ここに及んで一言多い。出会った当初はそういう妙な我の強さというか、負けず嫌いなところに腹が立ってばかりだったのに、今となっては「勇吹らしい」と愛しさすら感じる自分もおかしかった。

「何で笑ってんですか」

秋の反応に、勇吹がしかめ面になっている。

「改めて、勇吹のことが好きだなって思っただけだよ」

秋は本音を言ったのに、勇吹がますます眉間と鼻の頭に皺《しわ》を寄せた。照れているのだ、とわかるから、秋はますます勇吹が愛おしい。

（気持ちだけはもう、こんなにはっきりしてるんだ）

思い返せば、ずっと流されてばかりの人生だった。男女問わず他人から好かれやすい方で、小学生の頃から恋人がいるのが当たり前だったけれど、関係はすべて相手からのアプローチでのみ成立していた。恋愛関係で悩むことはそうなく、別離に胸を引き裂かれるような経験もない。

だが勇吹と離れることを考えるだけで、心も体も重たくなる。絶対に嫌だと、断固たる意志が自分の中にあることを、思い間違いようもない。

（晄太とはかならず離れなくちゃいけないのが決まってるのに、このうえ勇吹とまで別れたら、何のために生きてるのかわからなくなる）

実家に戻って、親の伝手できちんとした会社に就職して、それなりの相手と結婚して、子供を作って——そういう、これまで茫洋《ぼうよう》と「そうやって生きるんだろうな」と思い描いていた当たり前の未来が、今はむしろ他人事《ひとごと》というか、絵空事に感じられている。

（勇吹は、どう思ってるんだろう）

自分の気持ちは決まっているのに、たびたび不安になるのは、勇吹は「自分の庵に来ればいい」と言っただけで、具体的な話を出してくることがないからだ。今日の朝、最初にそう言って以来初めて、「小沢さんに自分の庵に住めばいいなんて言い出しませんよ」と触れたくらいで。

いっそ勇吹の方から「早く引っ越してこい」と言ってくれれば、それに従うこともできるのにと、秋は少しもどかしい気分になる。

(……言ってくれないかな)

こっそりとそう願う秋の内心になどまったく気づかない様子で、勇吹は夕食を終え、いつものように眠たげな暁太を布団まで運んでいった。秋もいつものようにコーヒーを淹《い》れ、戻ってきた勇吹と並んでソファに座る。

(言ってくれるの待つんじゃなくて、俺から切り出せばいいだろ)

何度もそのタイミングを計ったのに、なかなか引っ越しについて口にできない。

やっぱり勇吹から言ってくれないかと、促す気持ちで勇吹に凭《もた》れてみたら、そっと抱き寄せられてキスされて、その心地よさに陶然としてしまい、完全に言い出す機会を失った。

しばらくそうして寄り添ったあと、「そろそろ帰らないと」と言う勇吹を名残惜しい気分で家の前まで見送ってから、秋はやっと自分のすべきことを思い出して、「そうじゃないだろう」と両手で顔を覆う。

「駄目だ……これまで流されまくって人に任せっぱなしだった人生のツケが、こんなところに……」

何しろ自分から、誰かに対して望みを言ったことがない。ああしてほしい、こうしてほしいとねだられればそれを叶《かな》えようと動きはするが、自分から他人に要求した覚えがないのだ。人間関係だけではなく、進学も、就職も、考えてみれば同じだ。教師や親に勧められるまま学力に見合った学校に行き、特にやりたいことがあるわけでもなくそこそこの大学に受かり、その大学のレベルに合わせて採用してもらえそうな会社を志望して、さほど苦労せず仕事が決まってしまった。

それがどれほど恵まれた暮らしだったのかを痛感する。その一番のしっぺ返しが会社でうまく立ち回れずパワハラを受けて退職に追い込まれたことかと思っていたが、多分違う。今この瞬間、自分の望みすらうまく口にできないような臆病さを振り払えずいることだ。

「勢いが足りないんだ、多分……」

勢いというか、拠り所というか。

「先に仕事を探そう……何としても探そう……」

晄太が山に帰ってしまう前に、この土地に「いていい」理由をみつけなければ、自分から勇吹の庵に住みたいと言い出すことができないまま終わってしまうだろう。

おそらくこの家が人手に渡る時期が来れば、自然と引っ越す流れにはなるのだろうなと思うのだが――それでは駄目な気がする。

(ちゃんと選びたい。自分で決めたい。勇吹と、晄太のことだけは)

晄太も勇吹も成長している。なのに自分だけ変わらず、巡り合わせの良さに頼るような生き方で、彼らのそばにいるのは何だか恥ずかしい。

（人の情緒がどうとか、よく言ったもんだよ）

勇吹の前で年上ぶって、物知らずをからかうような真似《まね》をした自分を、引っぱたきたいくらいだ。

とにかく自分から行動を起こそう。秋はそう決心すると、ようやく家の中に戻り、暁太のいる寝室へと向かった。

3

　もしかしたら、勇吹《いぶき》に頼めば五浦《ごうら》家が関わっている会社への再就職を融通してもらえるのではという考えが、頭に過《よぎ》りはした。

　だが何となく気が進まない。それが一番賢くスムーズな方法だと思うものの、『勢いをつける』には、勇吹に頼らず、自分の力で仕事を探すべきではないかと思ってしまう。

　だからそれは最後の手段に取っておくことにして、秋《あき》はやはりインターネットを使ったり、買い物の途中に求人の貼り紙でもないかと店先を気にしてみたりを、まず試した。

　が、なかなか正社員の口がない。パートやアルバイトの募集ならそれなりに目に留まるのだが、この土地にある会社のものはまったくみつからなかった。

（電車か車通勤を考えたら、中途採用でもそこそこあるんだよな……）

　都内に比べて条件はさほどよくないが、以前やっていたような営業職、経験不問の事務職などは、いくらかみかけた。

「……家が山の近くにあれば、晄太《こうた》のことを忘れたりしないでやってけるもんかな？」

食材の買い出しと散歩と求人広告を探しがてらの帰り道、手を繋《つな》いで歩きながら、勇吹は傍らの暁太に訊《たず》ねた。暁太は秋を見上げて、ぱちぱちと小さく瞬《まばた》きしている。自問自答のようなものだったので、当然、意味などわからないのだろう。

「あきは、こうたのことをわすれない」

「……うん、絶対、忘れない。忘れるはずない」

暁太の言葉に頷《うなず》きながら、秋はすでに泣きそうだ。

「あきはずっと、こうたといっしょにいる」

「……うん」

そういうわけにはいかないらしいことを、暁太自身はわかっていないのだろうか。秋はますます胸が締めつけられる思いで、泣きたくなった。自分が腹を痛めて産んだ子供でもあるまいし、出会ってまだ二ヵ月程度だというのに、秋にとって暁太はすでに一生の宝物のような存在だ。どうして離ればなれにならなくちゃならないんだと、理不尽さまで感じるほどに。

「どのみち通勤にそんなに時間かけたくないしなあ、勇吹の家に寝に帰るだけみたいな生活になるのも嫌だし、とにかく就職できればいいやみたいな決め方は、もうしたくないから……」

「うん」

「っていってもえり好みばっかりして、ダラダラ引き延ばすのも駄目だよな。やっぱり変な意地張らずに、勇吹に頼んで、五浦《ごうら》の会社のどこかで人手の足りないところがないかって訊《き》いてみた方がいいのか」

「うん、うん」

意味はまったくわかっていないだろうに、生真面目な顔で相槌《あいづち》を打ってくれていた暁太が、ふと秋の顔から、道の向こうへと視線を移した。

「あき」

「ん？」

見ると、暁太が前方を指さしている。つられてそちらを見た秋は、夕暮れ時の路地、その片隅にある電信柱の陰に、妙なものをみつけた。白い影だ。最初は犬とか猫とかかと思ったが、それよりはもっと大きい。

（……って、子供だよ）

まるで暁太と出会った時と同じような状況に驚きつつ、秋はずんずんと早足で進み出した暁太に引っ張られるように、子供の方に近づいた。

暁太と変わらない歳《とし》に見える男の子が、道の端に蹲《うずくま》って泣いている。本当に、初めて暁太と会った時みたいだと思いながら、秋は相手を驚かせないように、そっと声をかけた。

「君、どうした？　お父さんかお母さんは？」

「――」

泣きじゃくっていた子供が、驚いた様子で、泣き濡《ぬ》れた顔を上げる。

（……んっ？）

その顔を見た時、秋は頭の隅に引っかかりを感じた。

（あれ、この子、どこかで見たような……）

既視感、というのか。こんな小さな子供なんて晄太くらいしか知らないはずなのに、だが以前どこかでこの子に会った気がして、胸がざわつく。

「……き――優季《ゆうき》！」

一体いつの記憶だ、と秋が思い出そうとしていた時、慌ただしく名前を呼ぶ男の声が近づいてきた。

見遣《みや》ると、道の向こうから、スーツ姿の男が辺りを見回しながら走ってくるところだった。

「パパ！」

気づいた子供が、パッと立ち上がる。途端に転びそうになるのを見て、秋は慌てて子供の体を支えた。

「優季！」

男が子供と秋たちに気づいたようで、スピードを上げてすぐ側《そば》まで駆け込んでくる。子供がわんわん泣きながら、男の足にしがみついた。

「よかった。お父さんですか」

ほっとして、秋は男に呼びかけた。男が子供を抱き上げつつ、秋にすまなそうな顔を向けて頷いた。

「ええ、すみません、ご迷惑をおかけしましたか」

「いえ、俺も今この子を見かけたところで……」

「――晄太様？」

男が秋の隣にいた晄太にようやく気づいた様子で、目を瞠《みは》っている。とすれば当然ながら、彼もこの土地の人間なのだろう。息子を地面に下ろし、ためらいなくその場に膝をついている。

「失礼致しました、晄太様。お久しぶりです」

男の態度に、秋は少し驚いた。町の人たちは晄太を見て敬いはするものの、親しみの方が強いようで、笑顔を向けはしても膝をついたりはしない。

「ひろはる」

晄太は男を見て、名前らしきものを口にした。それを聞いて微笑《ほほえ》む男の顔に、秋はまた既視感を覚えて首を捻《ひね》る。

（どっかで見たような……いや、誰かに似てる……ような……？）

二十代半ばか後半か、まだ三十路《みそじ》には到っていないような姿。温和そうな目許《めもと》に優しげな口許、全体的に品がよく、着ているスーツも仕立てのいいもので、大して話していないのにやたら安心感を与えてくるような雰囲気を持っている。

（あれ？）

誰に似ているのか、秋は気づいた。男性は暁太に向けて頷いている。

「はい。五浦の、広晴《ひろはる》です。覚えていただき光栄です、暁太様」

「五浦……」

そうだ。この人は、勇吹に似ている。勇吹の方が眼光鋭く、意志というか我の強さを感じさせる顔立ちと雰囲気ではあったが、顔の作り自体が勇吹にそっくりだ。

男──五浦広晴は、顔を上げて秋を見ると、微笑んだ。

「秋君も、久しぶりだね」

「えっ⁉」

そうか、これがときどき話に聞く勇吹の兄か……と納得していた秋は、相手の言葉に驚いた。

「ええと……どこかで、お会いしたことがありましたっけ……?」

秋の方はまったく覚えがなかった。この街に来て出会った自分とそう歳の変わらない男など、勇吹を除けば一人もいないのだ。

「覚えてないか、まだ小さかったしな」

笑いながら、暁太に対して一応の挨拶を終えたからだろう、広晴が立ち上がった。

「もう二十年も前になるかな? 君が樋上《ひがみ》の家に預けられた時、何度か遊んだことがあるんだよ」

「え……あ、あー!」

言われて、秋は急に思い出した。小さい頃、祖父母の家に預けられていた時に、同い年くらいの子供たちと一緒に遊んだことがある。

その中で、最初に秋に声をかけてくれた、少し年長の少年が、周りから「はるくん」と呼ばれていた。

「はるくん……！」

「そうそう、昔はそう呼ばれてたな、アキちゃん」

「うわ、そうだ、よく覚えてましたね……!?」

驚きと懐かしさで声を上げてから、秋は「そうか、五浦の人だから知ってたのか？」と気づいた。

「私の方はもう、小学校の中学年くらいだったからね。覚えていたし、名前を聞いて、すぐにわかったよ」

やはりたった今顔を見て秋に気づいたのではなく、あらかじめ知ってはいたようだ。この土地で起こることについて、五浦が知らないことはないと以前勇吹が言っていた。晄太のそばにいるのが『樋上の家の孫息子』であるということを、広晴が知っているのは、当然なのだろう。

「広晴さん、この近くにお住まいだったんですか？」

五浦の家はここから少し離れた場所にあると勇吹に聞いていたので、近所で偶然会うとは思わなかった。近所と言っても、秋は仕事探しのこともあっていつもの商店街から逸《そ》れた道を歩いていたのだが。

「いや、今日はたまたま。妻が二人目の出産のために入院中でね。いつもは義妹に保育園の送り迎えを頼んでいるんだけど、この子が園を抜け出したって仕事中に聞いて、慌てて捜しにきたんだ」

　ようやくみつけて連れ帰ろうと思ったらまた逃げ出され、さらに捜している時に秋と晄太と遭遇したという。なかなかのタイミングだったようだ。

「それにしても、もうこんなに大きいお子さんがいるんですね」

　広晴の足にしがみつきつつ、秋を見上げている男の子を見て秋は笑った。なるほど、既視感も覚えるはずだ。広晴と遊んだ頃よりずっと幼いが、優季と呼ばれた子は、父親によく似た面差しをしている。

「うちは代々、家を継ぐために結婚が早いんだよ。妻とは幼馴染《おさなな　じ》みで、お互い子供の頃からこうなるつもりだったから。都会の人には、時代錯誤な話に聞こえるだろうな」

　たしかに今どき家のための結婚など、聞く人が聞けば驚くかもしれない。

「幸い恋愛結婚だ。仕事もやり甲斐《がい》があるし、家のため、町のため、山神様のために生きることに何ら迷いはないけど……」

　言いながら、広晴が優季を再び抱き上げた。晄太は興味深そうに優季を見上げていて、優季も、不思議そうにしながらそれを見返していた。

「弟がときどき心配になることはあった。なんて言っては、勇吹が怒るのが目に浮かぶようだけど」

「心配、ですか?」

「お役目一辺倒なところがね。選ぶ余地も迷う余地もなく、生まれた時から、あの子は山守《やまもり》としての使命に生涯をかけることが決まっていた。私も五浦を継ぐことは決まっていたとはいえ、好きな人とつき合って、友達とも遊べたし、社会経験のためにとアルバイトもあれこれやれた。今も仕事で県外に行くことが多くて、学生時代も自由に旅行に行けたけど……勇吹は誰に強いられることもなく、一人で庵《いおり》にこもっていたから」

そういう生活だったと、勇吹自身から秋も聞いている。中学生の頃からすでに庵に出入りして、友達付き合いもしたことがないと。

「勇吹の口から同年代の人の名前を聞くのなんて初めてで、両親共々驚いたよ。晄太様のことも、弟のことも、ありがとう」

広晴に頭を下げられ、秋は慌てた。昨日も弟の方から、こんなふうに改まって頭を下げられてしまったのを思い出す。

「俺は特に、何もしてませんから」

勇吹が直接秋について広晴に報告をしている雰囲気ではあるが、友人ではなく恋人である——というところまでは話していないだろう。秋にはそこが少し、気まずくもあった。

「山神様のことは自分一人ですべてどうにかする、っていうふうに気を張ってたのが、ここしばらくで随分柔らかくなったよ、勇吹は。最初に君について報告を受けた時、珍しく感情的というか、苛立《いらだ》っているのがわかったのも面白かったな」

「あー……おまえ友達いないだろとか、煽《あお》ったしなぁ」

秋の呟《つぶや》きを聞いて、広晴が笑い声を上げる。

「初めての経験だっただろうな、山守として大事にというか、遠巻きにされて育ってきたから、勇吹は」

「やっちゃったなあ、と反省してます」

殊勝に言う秋に、広晴がますます可笑《おか》しそうに肩を揺らした。

「君が勇吹の庵で暮らすことも、五浦家としては何ら問題ないよ。勿論《もちろん》山神様たちのお許しがあればだけど、そこも問題ないだろうし」

広晴の視線は、ぎゅっと秋の手を握ったままの晄太に向けられている。

(そっか、そこも、もう話は行ってるんだ)

秋はそこに安堵《あんど》するというより、焦燥感を覚えてしまう。まだ自分の方は、何の身の振り方も決まっていないというのに。

「どうかしたかい？　――もしかして、ここで暮らすことにあまり気が進まない？」

少し考え込んだだけの秋の様子に敏感に気づいたふうに、広晴が言う。秋は焦った。

「あっ、違います、逆です。何というか……俺は、無職なので」

「ああ、成程《なるほど》……」

それで察したように、広晴が頷く。

「山守の助けになる、というか山神様のご寵愛《ちょうあい》を受ける人なら、五浦家が生涯面倒を見ることもできるんだけど」

大したことではない、というような調子で広晴の口から飛び出した言葉に、秋はぎょっとしてしまった。

「いや、それは、さすがに」

「うん、自立した成人としては、むしろ望ましくないことだろうというのはわかる。とはいえ、五浦系列で今までのキャリアを生かせる会社があれば紹介できるから、そこは頼ってもらいたい。山神様にとって必要な、重要な関わりを持ってくれた人を、五浦として軽く扱うわけにはいきませんから」

秋の心理的な負担を減らすためだろう、広晴は丁寧な口調に変わってそう告げた。

「……ありがとうございます。考えさせてください」

勇吹に頼むか、広晴に頼むかという違いにはなるだろうが、たとえば前職の経験を生かし、きちんと試験や面接を受けてという形であれば、それほど抵抗感なく再就職に臨める気はする。

この周辺でそれなりの仕事を探すとなれば、どのみち五浦家と無関係の企業はないようなのだから。

「パパ、おなかすいたぁ」

大人同士の話を邪魔せずじっとしていた優季が、不意に耐えきれなくなったように足をばたつかせた。

「ごめんごめん――じゃなくて、じっとしてなさいって言ったのに、優季があっちこっち行っちゃうからだろう」

広晴が急に父親の顔になり、息子を叱る口調で言う。勇吹と違ってちっとも怖くないが。

優季は拗《す》ねた顔をしつつも、父親にしがみついている。寂しがる気持ちには秋も覚えがあった。

「ねえ、あのこと、あそびたい」

唇を尖《とが》らせながら、優季が晄太を指さした。広晴が慌てて、優季の手を押さえている。

「山神様を指さすんじゃない、失礼だろう。この方は、保育園のお友達とは違うんだ。晄太様、失礼いたしました」

「やまがみさま……?」

深く頭を下げる父親と晄太を見較《みくら》べ、優季はぴんとこない様子で、首を捻っていた。広晴の方は、晄太の機嫌を損ねればどうなるのか勿論知っているだろうから、息子をどことなく庇《かば》うふうに抱き直している。

「いつも言ってるだろう、優季たちを守って下さる、えらいお方だよ」

「いいよ。こうたは、おこらないよ」

優季を見上げて晄太が言った時、広晴のスーツのポケットで、スマートフォンが鳴った。

「失礼」と言い置いて、広晴は秋たちと少し距離を置くように歩きながら電話に出ている。受け答えの様子からして仕事の用件らしく、秋は邪魔にならないようにと、晄太と優季を道の端に寄せながら二人を見守った。

「こうたは、えらい子なの？」

優季が首を捻《ひね》って問いかけ、晄太も同じ方向に首を傾《かし》げている。

「こうたは、こうただよ」

「優季とあそぶ？」

優季に訊ねられ、晄太がどこかねだるような眼差《まなざ》しで秋を見上げた。

「ええと……」

晄太が近所の子供たちと遊ぶことは時折あるが、先刻の広晴の様子からして、優季が気軽にそうすることを許さない気がする。

でも晄太も遊びたそうだよな——と思っていると、電話を終えた広晴が戻ってきた。

「優季、パパちょっと、ご用事が入っちゃったんだ。タクシーを呼ぶから、家まで一人で帰れるね？」

「ええ……」

優季は再びぐしゃっと顔を歪《ゆが》めて、泣きそうだ。広晴がすまなそうな顔を、息子から秋へと向ける。

「急ぎの仕事で、戻らなくちゃならなくて」

「あの、それ、時間かかりそうですか？」

晄太が優季のシャツの裾をそっとつまんでいるのを横目で見ながら、秋は広晴に訊ねた。厄介なトラブルが発生したようで、広晴が時計を気にしながら頷いた。

「多分、一、二時間は……優季を預けることもできない場所でね」

「なら、よければ俺が優季君を見てますよ。うちで預かっておくので、広晴さんは用事がすんだら迎えにきてあげてください」

そう申し出た自分に、秋は内心自分でも驚いていた。別に子供の扱いに慣れているわけでもない、広晴に頼まれたならともかく、自分から面倒を見るなどと言い出すなんて。

だが泣き顔の優季が晄太の手をぎゅっと握って、必死に泣くのをこらえようとしている姿を見たら、そう言わずにはいられなかったのだ。

「しかし――」

広晴は迷うような顔をしたが、秋と同じように、手を繋ぐ息子と山神様の様子を見て、苦笑した。

「じゃあ、悪いけど、頼めるかな。なるべく急いで迎えにいくから」

「はい」

広晴が優季の頭を撫《な》でてから小走りにその場を離れ、秋は優季と晄太を見下ろした。

「じゃあ俺たちは、家で優季君のお父さんを待とうか」

「うん」

「はぁい……」

小さく啜《すす》り上げる優季、その手を握る晄太の反対の手を取って、秋はゆっくり歩き出した。

（っていっても、小さい子が遊ぶようなものは何もないよな、うち……）

晄太はいつも料理や掃除、洗濯や庭の手入れをする秋のそばでじっとその様子を見ていたり、手伝ってくれて、あとは散歩に出かけるか昼寝をするかで、一日を過ごしている。

おもちゃのひとつもなければ、普通の子供は飽きてすぐにまた泣き出すんじゃないかと不安になりつつ家に戻るが、優季は極めて大人しく、秋の勧めるまま、ソファに座って冷たい麦茶を飲んでいるだけだ。晄太もその隣に座って、少し退屈そうに足をぶらぶらさせている。

（ちゃんと躾《しつけ》されてるんだろうなあ、優季君）

あるいは初めて来る知らない家で、緊張しているのか。

買って来たものを冷蔵庫にしまわなければならないので一度家に戻ってきたが、公園にでも連れて行ってやった方がいいのだろうかと、秋は迷う。しかし窓から見上げた空は重たい雲に覆われていた。

（あれ、夕立でも来そうな感じか……？）

思ったと同時に、空の向こうで稲光がしたかと思うと、大きくしゃくり上げる声が聞こえた。

「かみなり、こわい……」

優季が小さくなって震えている。秋は慌てて窓のカーテンを閉めて、優季の側に近づく。

「大丈夫大丈夫。まだ遠いから」

「かみなりがおちたらしぬって、パパが。木のしたもあぶないから、すぐにおうちの中にはいりなさいって」

「だ、大丈夫、ここはおうちの中だから」

広晴は小さな子供にも現実的な注意喚起をするタイプらしい。言っていることは間違いないのだが、優季にとっては「危ないから逃げる」ことよりも「雷が落ちたら死ぬ」という言葉の方が強く聞こえてしまっているようだ。

「でもおうちの中でも、かじが、あぶないって……」

言っていてますます怖くなってきてしまったのだろう、優季はとうとう泣き始めてしまった。

「いや脅しすぎだろ広晴さん……、……大丈夫大丈夫、ここには、晄太がいるから」

宥《なだ》めるように優季の背中を摩《さす》りつつ、秋はできる限り優しい口調を作って言った。

「だいじょうぶ、だいじょうぶ」

暁太も秋の口調を真似《まね》、優季の背中をトントンと小さな手で叩《たた》いている。

「なんで？」

優季は不思議そうだ。

「ええと——暁太は、山の神様だから。町の人たちを守る子だから、大丈夫なんだよ」

果たして暁太にそういう力もあるのか、秋は知らなかったが「でも、大丈夫なんだろうな」と妙な確信を持ちながら言った。

「やまがみさま……」

優季はじっと暁太を見ている。

「そうそう。前は山に住んでて、でも人の暮らしの勉強をするために、ここに来たんだ」

「山に？」

「うん。こう、白い着物を着てて」

何とか雷から優季の気を逸らそうと、秋は話を始めた。暁太と出会った日の話。不思議な力で風を起こした話。

「パパが言ってた……！　ほんとだったんだ……！」

同じ日に出会った『山守』が優季の叔父さんであることも話すうち、優季は泣くのも忘れたように、秋の話に夢中になった。暁太まで一緒になってじっと聞き入っているので、秋は二人に向けて、自分の身やこの家で起きたことを、できるだけ面白可笑しくなるように話し続けた。

もちろん、優季の叔父さんと自分の間にある気持ちは秘密にしつつ。

（たまに暁太にも適当な昔話とか童謡とか聞かせてたの、役に立ったような）

まさにお伽噺《とぎばなし》を体現している暁太自身にそれを聞かせるのはどうなんだろうと思いつつ、
勇吹は子供の頃に両親から聞いた話や絵本の内容を、うろ覚えのまま、暁太が面白がるふうに話すことがあった。童謡もろくに記憶していないので、いい加減に歌詞を作って歌うと暁太が喜ぶので、勇吹に知られたら怒られるかもしれない。

「手が届かないところに引っ掛かった洗濯ものなんかも取ってくれるから、山神様の力はすごくありがたいんだけど、そんなの『山守』に知られたら怒られるから絶対内緒で――」

幸い雷は近づくことなく聞こえなくなり、そのうち優季がうとうとと船を漕《こ》ぎ始めた。暁太も瞼《まぶた》が重たくなってきたようで、二人寄り添うようにして眠り始めたのを見て、秋はほっと息を吐いた。

二人を起こさないよう、そっとソファから離れて、夕食の支度を始める。

その途中、インターフォンの呼び出し音がした。玄関に出てみると、広晴の姿がある。仕事が終わったらしい。

「二人とも、寝ちゃいました」

「ああ、よかった。内気な子だから、また散々泣いてるんじゃないかと」

広晴は家に上がると、優季を軽々抱き上げた。優季はよく眠っていて、起きる気配がない。

晄太の方はチャイムの音で目覚めていたらしく、少し名残惜しそうに優季を見上げていた。広晴が優季を抱えたまままた床に膝をつく。

「晄太様にも、失礼はありませんでしたか」

「だいじょうぶ。ね、あき」

秋を見上げてにこりと笑った晄太を見て、広晴がどこか感慨深そうな表情になった。

「話には聞いていたが……本当に。最初このお姿でお会いした時、こちらにはわからない理由でご機嫌を損ねてしまって、大変なことになったのにな」

優季にも話したとおりだ。出会って間もなく、晄太が泣き喚《わめ》いた時、とんでもない強風が突然湧いて出て、辺りのものを吹き飛ばした。

「息子はまだ、山神様のことをよく理解していないから、畏れを知らないようで、離れている間は気が気じゃなかったよ」

「すごくいい子にしてましたよ、優季君」

秋が告げると、広晴が立ち上がりながら、ほっとしたように息を吐いた。

「そうか……実は息子がというか、最近ではなかなか山神様のお話を伝える者も減ってしまってね」

過疎化が、という話を勇吹もしていたことを、秋は思い出した。

「昔のように、女性は家を守りながら山神様の話を子供たちに話して——という時代でもなくなってしまっている。保育園や幼稚園でも、ネットの動画なんかで流行《はや》りの話題をしてあげる方が、子供が喜ぶらしくて」

「でもそれだと、信仰が薄れてしまう……」

呟きながら暁太を見下ろして、秋はふと、「山神様が代替わりを考えたっていうのも、そのせいなんじゃないだろうか」と気づいた。

「うん？　そのせいっていうのは？」

どうやら口に出してしまっていたらしい。広晴に問われて、秋は思いついたことを、考え考え言葉にしてみる。

「このままただのお伽噺として山神様の存在が埋もれてしまう前に、たとえば優季君たちの世代と同じ年頃の姿で現れて、交流した方がいいみたいなことを、母神様が考えたとか……？」

人の世を知るための修行なのだと勇吹は言っていたが、人の方も暁太を知る意味があったのではないかと、思い至ったのだ。

「なるほど……そうか、母神様や他の山神様は、すでに御山に根差しすぎていて、昔のように人の姿で町に下りてくるのは難しいらしいと、勇吹から聞いたことがある。まだ山神様として成っていない暁太様だからこそ、人と直接触れ合うことができるわけか……」

「……だったら、暁太はもう少し、子供と遊んだ方がいいですよね」

今は秋と一緒に買い物に出て、たまに公園で同い年くらいの子と走り回って遊ぶこともあるが、ほんの短い時間でしかない。

　あとはほとんど昼間街中にいる年配の人たちと顔を合わせるばかりだが、彼らはすでに、山神様のことは知っている人々だ。

「いっそ、それこそ保育園とか幼稚園に直接晄太を連れて行ったら、山神様の存在が小さい子にも伝わり易《やす》くなるんじゃ」

「優季の通っている保育園に、話をしてみよう」

　広晴はすぐにそう言って、頷いた。

「君は勇吹に今の話をしてやってくれ。あの子が納得すれば、それが正解だ」

「わかりました」

　大きく、秋も広晴に頷きを返す。

「晄太、たくさん、友達と遊べるかもしれないぞ」

　何だか急にわくわくしてきて、秋は晄太に呼びかけた。晄太も秋につられたように、にこにこしている。

　あとで連絡する、という広晴に頷き、秋は優季を抱えている彼を見送りがてら、玄関の戸を開いた。

「——兄さん?」

　と、そのタイミングで、門の方から勇吹が姿を見せた。勇吹は広晴たちの姿を見て、訝《いぶか》しげに眉を顰《ひそ》めている。

「どうしてここに……」

「たまたま秋君と、晄太様に行き合ってな。仕事で手が離せない間、優季の面倒を見てもらってたんだ」

広晴が手短に事情を説明する間、勇吹の眉間から皺《しわ》が取れないままだった。

「……んん」

大人たちの話し声で目を覚ましたのか、広晴の腕の中で優季が瞼を開き、かと思うと、自分の目の前に立つ勇吹の姿を見て急に顔をぐしゃっと顰《しか》めた。

「大丈夫大丈夫、勇吹だよ、おまえの叔父さんだよ」

どう見ても、優季は勇吹のことが苦手な様子だった。勇吹の方も、笑顔のひとつも向けてやればいいのに、子供に怯《おび》えられて気まずそうに顔を逸らすので、空気が最悪だ。

「あとで勇吹にも話があるんだけど、またにするよ」

「……そうしていただいた方がいいかと」

広晴が秋と晄太にも挨拶して、慌ただしく優季と共に去っていく。

その様子を見送って、勇吹が小さく溜息《ためいき》をついていた。安堵の吐息のようにも感じられて、秋には不思議だ。

「――何ですか」

そんな秋の視線に気づいたらしい勇吹の表情は、まだどことなく苦々しい。

「兄弟なのに、割とよそよそしいんだなと思って。うちも弟とあんまり打ち解けてないけどさ」

「あの人は兄というより、五浦の跡取りですから。あちらにとっては俺は『山守』なので、そんなに馴《な》れ合う感じではないんですよ」

勇吹はそう言うが、広晴の方は、たとえば町の人ほど『五浦の勇吹さん』に対する敬いを持っているふうに、秋には見えなかった。

(まあ普通の家じゃないし、そんなもんなのかな)

「それより話とは?」

勇吹に問われ、秋は晄太と手を繋いで家の中に戻りつつ、広晴とした話を勇吹にも詳しく伝えた。晄太を保育園などに連れて行くという計画だ。

「成程……そうですね。子供の居る場所に連れて行くっていう考えは、ありませんでした」

勇吹は秋の話の途中から考え込む様子になり、話し終える時にはすでに結論を出した様子だった。

「今の晄太様なら、不用意にお力を使って周囲を危険に晒《さら》す恐れもないでしょう。直接子供たちに会わせるのは、俺も良い考えだと思います。というか……どうして俺自身が、思いつかなかったのか……」

ダイニングテーブルについた勇吹が大きく溜息を吐《つ》き、その向かいに座っていた暁太が、それを見て首を傾げている。

「いぶき、がっかり」

「がっかりですね……」

「いやいや、俺もたまたま広晴さんと優季君と会わなければ、思いつかなかったよ」

本気で自分の至らなさに落ち込んでいるらしい勇吹に、秋は慌てて言った。

「あと、子供の頃に広晴さんと遊んだのとか思い出したこともあったしさ。そうそう、広晴さんと会った時、すっごいどっかで見たことあるなって。最初勇吹と似てるからって思ったけど、昔会ってたせいだったんだなあ。……っていうかたまたま行き合ったなんて、何か運命っていうか、ただの偶然ではないのかなーとか思えるよな」

言ってから、秋はふと、もしかしたら暁太と自分が出会ったのも偶然ではないのだろうかということを考えた。

（暁太とか……母神様の導き……的な？）

なぜ暁太がこんなにも土地の外から来た自分に懐いてくれているのかは、未《いま》だにわからないが。

もし何らかの必然性のようなものがあって引き合わされたのであれば、それはとても嬉《うれ》しいことのような気がする。

（勇吹ともさ）

さすがにそれを口に出すのは恥ずかしかったので、一人で勝手に照れ笑いをしていた秋は、勇吹がどことなく不機嫌そうに黙り込んでいることに気づいた。

「勇吹？　何か、怒ってる？」

「はい？」

だが、顔を上げてこちらを見た時には、いつもと変わらない表情だ。さほど愛想はないが、不機嫌には見えない。

「すみません、何か言いましたか」

「や……何でもない、ごめん」

気のせいだったのだろうかと、秋は小さく首を振る。

「兄とはこちらで連絡を取って、晄太様をお連れしていい場所をピックアップしてみます。その時は小沢さんも来て下さいね、俺は子供、無理ですから」

「それは勿論……って、何、子供苦手なのか、勇吹」

「得意なように見えますか、俺が」

先刻の優季の様子を思い出し、秋は深く納得した。

そもそも子供の扱いが上手《うま》ければ、晄太が勇吹のところから逃げ出したりしなかっただろう。

「子供に限らず、意思疎通ができないものが全般苦手なんです。言うまでもなく晄太様は別ですが」

そうは言うが、おそらく勇吹は暁太のことも苦手だったに違いないと、秋は思う。勿論世話をする立場について嫌だと感じることはなかっただろうが、なかなかその『意志疎通』ができずに、もどかしい思いをしてきただろうことは、想像に難くない。

「小沢さんは向いてそうですよね、保母さんとか」

「それを言うなら保父さん……じゃなくて、保育士だろ。でも子供の世話なんて暁太しかしたことないし、向いてるかどうかはわからないなあ」

「弟さんの面倒を見てたって言いませんでしたか？」

「四歳差だぞ、向こうが三歳の時に俺だって七歳だから、面倒見るって言ったって手ぇつないで公園連れてく程度だよ」

「なるほど、なのに自分は子供の世話を見慣れていると豪語した、と……」

そういえば暁太をこの家で預かることになった時、勇吹にはそう言った覚えがある。

「まあ結果としてどうにかなってるからいいだろ。優季君だってちゃんと問題なく預かれたんだし」

ソファで暁太と一緒にお話を聞かせている間、優季は興味深そうな様子で、じっと秋をみつめていた。少なくとも実の叔父である勇吹よりもはるかに、優季に好意を持たれていた自信が秋にはある。

「そうか、向いてるんじゃないか俺、保育士とか幼稚園の先生とかに」

「単純な人だな……」

「勇吹が自分で言ったんだろうが」

こちらをからかいたいだけらしい勇吹を、秋は軽く睨《にら》みつけた。勇吹が肩を竦《すく》めている。こういうやり取りもすっかり慣れたというか、むしろ楽しくて、勇吹の軽口を咎《とが》める気も秋には起きない。

「そういえば、広晴さんと勇吹も、うちくらいの年の差か？」

勇吹の方もどことなく楽しげに見えたのに、秋が訊ねると、その表情がふとわずかながらに曇った——ように見える。

「……兄が三つ上ですね」

「ふーん、じゃあ勇吹んとこも、学校被《かぶ》ったのは小学校くらいか。うちの弟、俺と同じ中高に行くのが嫌だって滅茶苦茶反抗して、ショックだったなー」

「そうですか」

「……？」

相槌を打つ勇吹の調子は、やはりどこか素っ気ない。

さすがに気になるので、もう一度理由を訊ねようとした時、お茶を淹《い》れようと火にかけていた薬缶《やかん》が噴きこぼれかけたので、秋は急いでコンロまで走って火を緩める。

「いぶき、きょうはね、あつあげのにびたし」

「ああ、いいですね」

そして振り返った時には、勇吹は晄太に優しげな笑みを向けていた。

「いぶきも、すきなやつ。あきに、つくってって、こうたがいった」

「――ありがとうございます……！」

晄太がにっこり笑って言うと、勇吹が感極まった様子で口許を押さえるので、秋はまた完全にタイミングを逸してしまった。もう「どうしてそんなむすっとしてるんだ」などと問い詰められる空気でもなくなっている。

機嫌が直ったようならまあいいかと、秋は少し心にしこりを残しつつも、お茶の支度を始めた。

4

広晴《ひろはる》と再会した翌々日には、秋《あき》は晄太《こうた》、勇吹《いぶき》と共に、優季《ゆうき》の通う保育園を訪れていた。

「――という、山神様は古くからこの土地で暮らすみなさん、そのご家族の生活や心、健康を守るための大切な拠《よ》り所であり……」

作務衣《さむえ》姿の勇吹が、先刻から晄太を脇に正座しつつ、切々と山神や晄太の存在がどんなものかを子供たちに語りかけている。

「勇吹……話、滅茶苦茶下手だな……」

部屋の片隅でそれを聞いていた広晴が感心したように呟くのが聞こえてしまって、秋は噴き出すのを堪《こら》えるために苦労を強いられた。

数人いる保育士たちは生真面目な様子で『山神様』を前にして『五浦の山守』の話を聞いているものの、子供たちは勇吹の話にまったく興味を持った様子もなく、床に座って退屈そうに欠伸《あくび》をしたり、手にしたおもちゃに気を取られたり、中には眠ってしまっている子もいる。

「山守っていうのは、語り部的なことはやらないんですか？」

「それぞれの家のお年寄りがその役を担ってたからなあ。でも最近は、女性も働けるように場を作っていくようにしていったら、祖父母じゃなく保育所や幼稚園に預けることが増えたみたいで、却《かえ》って」

秋の問いに答える広晴は、複雑そうな笑みを浮かべていた。町で暮らしやすくと環境を整えた結果、逆に子供たちに山神様について伝える機会が減ってしまったらしい。

「お年寄りも家で孫の世話だけするより、シルバー人材センターの仕事をする方が生き生き暮らせるし……なかなか難しいよ」

「学校で道徳の授業内で教える、みたいなのは、駄目ですか？」

「私立校を作る構想はあるけど、そもそも少子化だから成り立つかどうかで難航中だな。公立校は公立校の学習指導要領があるし、さすがに五浦でもそこまで口出しはできない。おそらく『宗教』としての扱いになってしまうからね」

「ああ、そういうもんか……」

「まあそれこそ語り部として、特別授業なんかで山守を派遣するっていう手もあるかもしれないけど……いや、無理だな、あれは」

秋にも、体育館や講堂に集められた児童たちが、勇吹の話を子守唄に居眠りする様子が、まざまざと頭に思い浮かんでしまった。

目の前では、保育園の園児どころか、晄太までもが暇を持て余したように、大きな欠伸をしている。

「あき」

そして視線が合うと、晄太は勇吹の隣から走り出て、秋の方までやってきてしまった。

「こうた、いつあそぶの」

「あー、ええと」

秋は屈《かが》んで、自分の方に飛びこんでくる晄太の体を受け止めながら、勇吹の方を見た。勇吹は半眼で秋を見返している。晄太を連れ戻せ、という無言のメッセージを感じるが、しかし子供たちも「やっとお話が終わった！」とばかりに立ち上がり、走り出し、もはや収拾がつかなくなってしまった。保育士たちが慌てて止めようとしても、手遅れだ。

「あらお外は駄目よ、お外は暑いから」

炎天下の庭に出ようと窓に向かう園児を、保育士が止めている。窓の鍵は子供の手が届かない場所についているので開けることはできず、子供たちは不満そうな顔だ。

「でも、水やりしないと、お花かれちゃうよ」

女の子の一人が窓の外の植木鉢を指さして言った。夏の陽射《ひざ》しに晒された朝顔が、花だけでなく、葉も萎《しお》れさせて全体的に俯《うつむ》いているように見える。

「今年は特に暑いから、咲く前に枯れちゃった鉢があるわねえ」

「朝にお水をあげても煮えちゃって。もうちょっと日陰に持ってきておけばよかったかしら」

保育士同士が残念そうに囁《ささや》き合っていた。

「あ、暁太」

暁太が秋のそばを離れ、とことこと窓に近づく。

「えっ、あらっ⁉」

鍵がかかっているはずの窓を暁太が開けたので、保育士たちが揃《そろ》って愕然《がくぜん》としたように目を見開いた。暁太はどうも例の不思議な力を使って、手は触れずに窓の鍵を外してしまったらしい。

裸足で庭に出る暁太に続き、子供たちも歓声を上げながら次々その後を追っていってしまう。

「あ、ああー……」

秋も仕方なく、窓の外に出た。

「駄目だよ、今は外に出る時間じゃないって、こら、暁太――様」

今日は人前で暁太暁太と気安く呼ばないようにと、勇吹からきつく言い含められていたのを思い出し、秋は言い直した。山神様の尊いところ、立派なところを子供たちに伝える必要があるから、今日ばかりは普通の子供のように暁太を扱ってはならないと。

暁太の方は秋の窘《たしな》める声は耳に届かない様子で、先刻女の子の指さしていた朝顔の鉢植えに駆け寄ったかと思うと、その前でしゃがみ込んだ。

「わあ……！」

次の瞬間、晄太を囲むようにしていた子供たちから、一際大きな歓声が上がる。

「お花！　お花、咲いた！」

「すっげー、何だこれ！」

興奮気味に騒ぐ子供たちの後ろから、秋がそっと様子を窺《うかが》うと、ついさっきまで枯れかけていた朝顔が、瑞々《みずみず》しい色を湛《たた》えて大きな花を咲かせている。

（うわ……こんなこともできるんだ……）

以前勇吹が、晄太は畑の作物を枯らすこともあると言っていた。枯らすだけではなく、咲かせることもできるらしい。山神の力というものは。

「この土地に生きとし生けるものに力を与え、奪うことができるのが、山神様のお力です」

いつの間にか、秋の隣には勇吹が立っていた。広晴は、子供たちの輪の中にいる優季と一緒に、晄太の力が起こす奇蹟《きせき》に見入っている。山守ではない彼も、「与える」方の力を目の当たりにするのは初めてなのかもしれない。

「懇々と話すより、実演すれば一発だったか……」

不本意、という様子で呟く勇吹に、秋はまた必死に笑いを堪えた。

「勇吹の話し方は丁寧だし声も聞きやすいし、大人にはわかりやすかったかもしれないけどさ。子供には難しいよ、勇吹の話は」

「——小沢《おざわ》さんの方が向いてそうですよ」

堪えようとしても笑っているのは隠しきれなかったようで、勇吹がそんな秋に冷たい一瞥《いちべつ》を与えてから、満更皮肉でもなさそうな口調で言った。

「え、俺？」

「昨日、優季に聞かせてやったって言ってたでしょう。暁太様のこと」

「ああ、うん」

たしかに勇吹よりははるかに、うまいこと優季に話せた気はする。

「暁太様にもしてさしあげてますよね、たまに」

「うろ覚えの絵本の話とか、でたらめな歌詞の童謡とかだけど」

「俺は教えられなくても山神様がどういうもので、山守がどういうものなのか知っていたから、誰かに学んだことはないんです」

子供たちに囲まれて楽しそうに笑っている暁太を、微《かす》かに目を細めて眺めながら、勇吹が言う。

「文献を当たったり、人から話を聞いて学んだことも、勿論多いですが。まだ何も知らない者が、山神様を正しく知るための言葉を持っていない。説明しようがない、というか……」

「そっか……うん、俺も、暁太の力を最初に見てなければ、勇吹に何を言われても信じなかったかもしれない」

「……暁太様が山にお還りになった後、うまく子供に伝えるすべがないことを、少し怖ろしく感じます」

そう言って、勇吹は出会った中で初めて、ほんの一瞬だったが、秋の前で不安そうな表情を見せた。

「言い訳めいていますが、これまでの山守には、少なくとも俺の前の代までは、必要なかったことです。皆が皆、当たり前のように山神様のことを知っていた。伝えようという努力なんてなくても」

勇吹は晄太から、秋へと視線を移している。

「だから小沢さんが言ったことには、納得できるんです。晄太様が御山から下りてこられたのは、ご本人の成長のためではなく、その存在を土地の者に知らしめるためだと。……その助力を請うために、小沢さんが呼ばれたのかもしれない、とか」

「俺が？　呼ばれた……？」

「勝手な推測ですけどね。あなたは俺と晄太様の間を繋いでくれた。俺だけではなく、晄太様と土地の者を繋ぐ人なんじゃないかって」

もしかしたら母神の導きかもしれないと、秋自身、半ば冗談半分で考えはしたが。

勇吹もそう感じてるのであれば、本当にそうなのかもしれない。

（そうだったら、いいなあ）

話す間に、陽射しがどんどん強くなってきたので、保育士たちが渋る子供たちをどうにか部屋の中に入れようと奮闘し始めている。

「……運命だったらいいなとか言ったら、笑う？」

その様子を眺めつつ、秋は勇吹に小声で訊ねた。笑うなら笑ってくれ、という思いだったが、勇吹は笑わず、むしろ眉を顰めて、秋のことを見返してくる。

「さっき、兄と何の話をしていたんですか」

「え？　広晴さん？」

なぜここで急に広晴の話が出てくるのかと、秋は目を瞬《しばたた》く。

勇吹はこの前見せたような、どことなく不機嫌な表情になっていた。

「兄はあなたに何を言って、あなたは何を楽しそうに笑ってたんですか」

「……ええと、勇吹の話が滅茶苦茶下手だなーと」

「……」

「ごめんて」

勇吹が沈痛な面持ちになるので、傷つけてしまったかと、秋は焦る。

「勇吹が真面目に、一生懸命、誠意を込めて話してたのはよくわかるんだよ。でも子供に対してあんな難しいことを難しく言うのがさすが勇吹だなとか」

「……兄が苦手なんです、俺は」

秋の言葉の途中、小声で、目を逸らしながら勇吹が言った。

「え？」

「兄の方が人に好かれる。当然です、あの人は賢くて、優しくて、人当たりがいいし、人望もある。——俺とは正反対だ」

「勇吹」

「あの人が山守であれば、暁太様はもっと早く、もっと素直に成長されたんじゃないかと思っています」

勇吹が再び秋の反論を遮るように続ける。

「小沢さんも。最初から不愉快になることもなく、この町にもっと早く馴染んだだろうにと」

「あのさ、これは、俺も暁太も怒っていいところか？」

「この歳で叱られたくはないので、先に白状して謝っておいた方がいいのかと思いまして」

殊勝に見えた勇吹が顔を上げ、やけに堂々と言うので、秋は本気で憤るのを寸前で留《とど》まった。

からかってるのか、と別の意味でムッとするのは止められなかったが。

「兄に引け目があるのは本当です」

だが勇吹は本心で話してはいるらしい。この苦笑いを浮かべるのは、嘘《うそ》がない時だと、秋はもう何となくわかっている。

「小沢さんと最初に出会ったのが兄だと知って、それをあなたが運命か何かだと思っているなら、面白くなかった」

それで広晴と会った日、微妙な表情をしていたのだと、秋はようやく納得した。

広晴に対するやきもちだ、とわかると嬉しいような、でも信用していないのかと怒るべきなのか。

「いや先に会ってるのはおまえだぞ、勇吹」

「⁉」

唐突に割り込んできた声に、秋と勇吹は揃ってぎょっとなった。

目を剝《む》いて振り返ると、気づかないうちに広晴が背後にいた。晄太と子供たちはすでに部屋の中に戻っていて、何か歌ったり、踊ったりして、遊んでいる。

「邪魔をするのも何だけど、そろそろ二人とも日陰に入らないと倒れるんじゃないかと思ってな」

そう言いつつ、広晴はどことなく面白がっているふうな態度を滲《にじ》ませている。

「に……兄さん、どこから……」

「俺が優しくて人望があるっていうところか？」

「――」

勇吹が見る見る真っ赤になって、言葉を失った。広晴の方はそんな弟を優しい兄の顔で見守っている。

「ええと、広晴さん、勇吹の方が先に会ってるっていうのは……？」

勇吹が二の句を告げないようなので、秋が代わって訊ねた。

「言葉のままだよ。家に帰りたいって夜道をウロつきながら泣いてた秋君を見つけた勇吹が、どうしようどうしようって俺を呼んできた。まあ、覚えてないか、優季くらいの歳だったもんなあ」

「……俺が……小沢さんを……？」

「秋君が泣き止《や》まないから、一緒になって泣いてただろ、おまえ。あの頃は可愛《かわい》かったなあ」

しみじみと広晴が呟いている。

「勇吹が……？　いたか……？」

秋もいまいちよく思い出せなかった。「はるくん」には親切にしてもらったからか、広晴のことは朧気《おぼろげ》に覚えているのに。

「……あー、でも……あれ、もしかして、白い服っていうか、白い着物着てた……？」

薄暗い夜道にぼんやりと浮かぶ、白い影。秋の記憶の片隅に、そんな情景がちらちらと浮かぶ。

「いや、これは晄太と会った時か……？」

「ああ、そうかな。勇吹がこの格好するようになったのは中学生の頃からだっただろ。二人が三、四歳の頃に白い着物を着てた子に会ったなら、それは晄太様だと思うぞ」

「え？」

「は⁉」

秋も、それより大きく、勇吹も声を上げた。

「小沢さんも暁太様に会ってたんですか⁉」

「えっ、いや、わ、わかんない。覚えてない」

何となく必死に首を振る秋を見ていた勇吹が、唐突に、ハッと目を見開いた。

かと思うと、両手で顔を覆い、その場にしゃがみ込んでしまう。

「ああ……あー、ああ、そうか……」

「ど、どうした、勇吹？」

「――アキちゃんか」

「……⁉」

顔を伏せているのにわかるくらい、勇吹は耳まで真っ赤になっている。

「アキコちゃんとか、アキナちゃんじゃなかったのか」

勇吹の言っている意味がわからず、助けを求めるように広晴を見ると、こちらはこちらで目許を赤くして、肩を震わせながら秋を見返している。笑いを我慢しすぎて震えているようだった。

「勇吹の初恋。アキちゃん」

「やめてください兄さん、そんなんじゃありませんから！　ちょっと可愛い女の子だなと思ってたくらいですから！」

「……」

ヤケクソのように声を張り上げる勇吹の声を聞きながら、秋は前に彼とそんな話をしたことを思い出した。

『初恋……とかいう……そんなものでもないような……？』

山守は結婚をしないのかと、秋が訊ねた時だ。好きになった相手くらいいただろうと重ねて問うた秋に、勇吹は首を捻っていた。

『まだ山守としての自覚もない頃に、何だかそういう記憶があったようなないようなっていう程度で、相手を思い出せもしませんよ』

「勇吹は恥ずかしがって、アキちゃんとろくに遊ぶこともできなくてな」

「別に恥ずかしがってたんじゃありませんあの時に初めて暁太様にお会いしてこれが山神様かと驚いたのと自分だけにお姿が見えたことが誇らしいので胸と頭が一杯で」

「俺のことしか覚えてないのもそのせいかな。暁太様とも、多分ほんの少し顔を合わせたくらいだろうし」

広晴は笑いを嚙《か》み殺した顔で勇吹を見ている。

「おまえ本当に、秋君と再会してから、変わったなあ」

「そうですかね」

　勇吹はまだ赤い顔のまま、広晴の方を見ないようにしている。

「うん。表情が豊かになった。山守をしっかり務めようと精一杯なのが見ていて痛々しいほどだったのに」

「……」

　勇吹が黙り込む。少し前までの勇吹だったら、多分、間髪を容《い》れずに広晴に言い返していたんじゃないかと、秋には思えた。

「人当たりのよすぎる兄と比べられ続けるのも、面白くないですから。少しは成長しますよ、不肖の弟でも」

　ぶっきらぼうに言った勇吹を見て、広晴が大きく目を瞠った。驚いた兄の様子に、勇吹の方は苦笑する。

「――不肖の弟だなんて思ったことはないよ、俺は」

「知ってますよ。兄さんがもっと尊大で嫌味な男だったら、こっちもあまりたびたび劣等感を覚えずにすんだのに……なんて考えてたのは、十代の頃までですので」

　つまり子供の頃はそんなふうに考えていたと、勇吹は白状している。

　広晴はますます驚いたような顔になったが、秋と目が合うと、どこか照れ臭そうに破顔した。

「ありがとうな、秋君」

「えっ、ええと俺は……、……はい」

どういたしまして、などと言えば勇吹がまた皮肉を言うのではと思ったが、そんな気はないようで、勇吹はただ苦笑いを続けている。

「しかし、暑いなあ」

広晴はにやけているらしい口許を手の甲で隠しながら、日の照る空を見上げた。

「勇吹も秋君も、そこにいたら茹《ゆ》だるぞ。中に入るか、せめて日陰にいろよ」

それだけ告げると、広晴が部屋の中に戻っていく。

「……」

「……」

秋はしゃがみ込んだままの勇吹を見下ろしてから、自分もそっと、その隣に屈み込んだ。そうすると、ちょうど建物の短い影に身が収まる。

「ごめんな、俺、女の子じゃなくて」

「……笑いを堪えながら言うの、やめてもらえませんかね……」

改めて、神妙に謝ったつもりなのに、勇吹に指の間からすごい目で睨まれてしまった。

秋はそれでも、顔が笑うのを止められない。

「だって自分が勇吹の初恋だとしたら、嬉しくて」

「……そんないいものじゃありませんよ、言ったでしょう、前にも」

「そっか。残念」

「どのみち最初も最後も、秋だけだと思いますけどね」

「――」

秋は言葉を失って、隣で立ち上がる勇吹を見上げた。勇吹はさっさと部屋の中に戻っている。

今度は秋の方が真っ赤になって、顔を押さえる番だった。

◇◇◇

保育園の子供たちと遊んで疲れ果てたのだろう、晄太はすっかり眠り込んでしまった。

広晴は家まで送ろうかと提案してくれたが、あまり車を使わない生活をしているらしい勇吹は断って、秋もそれに倣い歩いて帰った。

「別に小沢さんまで歩くこともなかったのに」

眠る晄太を背負って道を進みながら、勇吹が言う。保育園は祖父母の家から割合遠い。歩いて一時間近くかかった。

「行きだって歩いて行っただろ。それに俺だけ広晴さんと一緒に帰ったら、誰かさんがまたヤキモチ焼くかもしれないし」

からかうように言ってやったのに、勇吹は完全無視で、聞こえないフリだ。

「誰かさんがまたヤキモチ焼いたら可哀想《かわいそう》だし！」

「そう大きい声を出さないでください、晄太様が起きてしまうでしょう」

「聞こえるんじゃないか」

しかしまた無視された。

「また小沢さんに戻ってるしさ。名前で呼べばいいのに。何なら、『アキちゃん』でも」

「……。アキちゃんは大人しくて、可愛かったな」

「ろくに覚えてないんだろ」

「小沢さんこそ、まるっきり俺のことは覚えてなかったじゃないですか。兄のことはすぐ思い出したみたいなのに」

「でも勇吹と最初に会った時さ。最初にっていうか、ここで再会した時。何だかすごく驚いたんだけど、あれ、前に会ったことがあったせいかもなって。今思うと」

「そんな、都合のいい」

勇吹は秋が調子よく話しているだけだと思っているようだが、口に出してみると、秋には実際そうだったんじゃないかと思えてくる。

（勇吹があんまりかっこいいのと、あんまり態度悪いので、吹き飛んじゃったけどさ）

それがほんの三ヶ月足らず前のことなのに、秋はもう、ずっと晄太と勇吹と一緒にいるような気分になってくる。

もしかすると、子供の頃に出会ったことがあったせいなのだろうか。

「でも昔会ったかもとか、神様の導きとか、なかったとしても別にいいよ」

少しずつ翳《かげ》っていく陽射しを背中に浴びて、勇吹の隣を歩きながら、秋は呟いた。勇吹がちらりと秋に視線を向ける。

「運命みたいなものだったら嬉しいけどさ。言い換えたら、成り行きとか、流されてってことになっちゃうから……そうじゃなくても、俺はちゃんと選んで、暁太と、勇吹のそばにいたいよ」

「……そうですか」

勇吹の相槌はぶっきらぼうだったが、響きはどことなく優しい。

「俺は段々、あの頃のことを思い出してきましたけど。まあ、いいか」

「えっ、よくない。何だよ、教えろよ」

話しているうちに、家まで辿《たど》り着いた。秋は先に中に入り、眠っている暁太のために布団を敷いた。勇吹がそこにそっと暁太を下ろす。

一連の動きの間は黙っていたが、暁太がよく眠っているのを確認してから居間に戻りつつ、秋はまた口を開いた。

「さっきの話の続き。教えろって」

「疲れた。何か飲み物をもらっていいですか」

「いや焦《じ》らすなよ」

文句を言いつつ、秋は勇吹と自分と二人分コーヒーを淹れてから、ソファに座る勇吹の隣に腰を下ろした。勇吹にマグカップを手渡す。

「どうも」

「で、俺と勇吹って、どういう感じに会ったんだ?」

「兄が言ったままですけどね。泣いてる小沢さんをたまたま見つけただけです」

「俺が泣きながらこの家から抜け出したのって、陽が落ちた後だったただろ。勇吹は何でそんな時間に外にいたんだ?」

訊ねると、その理由はまだ思い出せていなかったのか、勇吹が少し目を瞑《つむ》ってから、すぐにまた瞼を開いた。

「……あの頃、初めて直接晄太様のお姿を目の当たりにしたんです。同じ年頃の子供たちの中に混じっていたけど、俺にしか見えなくて、でも何を説明されなくても、それが山神様だとわかった」

秋は勇吹の隣で、大人しくその話に耳を傾けた。

「今よりも随分少し淡い姿で、はっきりと人の形はしていなかったかもしれません。——ああ、そうだ。先に『アキちゃん』を見つけたのは、晄太様だ」

「そうなのか?」

「やっぱりもう記憶も朧気ですが……子供たちの輪から抜け出した山神様の姿を追いかけて行

くうちに、泣いている子を見つけたんです。慌てて兄を呼んで戻ってきたら、山神様の姿はもうそこになくて、あなただけがそこにいた」

「……そっか、そうだ。俺は母親に会いたくて泣いて泣いて、具合悪くなるくらい泣いてたら、いつの間にか着物着た小さい男の子が、そばにいてくれて」

思い出そうと目を伏せていた秋の視界に、小さな素足が映った。

あれ、と思って顔を上げたら、布団で眠っていたはずの暁太が目の前に立っている。

「暁太？　起きちゃったのか？」

問いかけながら、秋は暁太を見て、違和感を覚えた。

（あれ——暁太、こんなに大きかったっけ……？）

つい先刻、布団に寝かしつけた時は、保育園にいる園児たちと変わらないくらいの背丈だったのに。

今秋と勇吹の前に立ち、こちらを見下ろす暁太の姿は、それよりも、二、三歳ほど歳を経たように見える。

「暁太……」

「ひがみの、あき」

呼びかける声も、まだ拙いながら、今までよりも力強い。

秋は無意識に勇吹の腕を摑《つか》んだ。勇吹も、そっと秋の指の上に手を重ねている。

「ひがみのものは、わたしたちに、よくつかえてくれた」

樋上――この家の元の持ち主、母方の祖父母の名前。

彼らよりも前の代の人間は、かつて山神様のいる御山の中で暮らしていたと、勇吹が言っていた。

（……そうか。山守ではなかったけど、もっと山神様の近くにいたんだ）

誰に説明されたわけでもないのに、秋にはなぜか、それがわかった。

勇吹も、余所者《よそもの》の秋に晄太が見える理由を、そんなふうに言っていた気がする。

「あきは、だいだいのひがみのものとおなじく、やさしい、きよいこころをもつもの」

あまりに真正面から褒められて、秋は狼狽《うろた》えた。

「そ、そんないいもんじゃ、俺なんて、全然」

「山神様のおっしゃることですよ。素直に聞いておきなさい」

「いぶきも。やまもりのざにふさわしい、つよく、やさしく、けだかいもの」

「……、……ありがとうございます」

秋を窘めた手前、謙遜することもできないのだろう、勇吹が少し居心地の悪そうな様子で晄太に向けて頭を下げた。

「こうたは、ははがよんでいるので、やまにもどる」

何となく勇吹に倣って頭を垂れていた秋は、そう言った晄太を再び見上げる。

「山に？　ええと、この間みたいに……？」

以前も暁太が、夜のうちに山に戻ったことがある。街で過ごすうちに少しずつ消耗して、その回復のために、暁太自身ではなく母神の意図だと勇吹が言っていた。

（でも今は、暁太自身がそうしようっていうふうに……見える――）

それに気づいて、秋は胸を突かれるような心地になった。

暁太はじっと秋、それに勇吹のことを、透き徹《とお》るような眼差しでみつめている。

「待って。暁太」

今の一連の言葉は、まるで、別れの挨拶のようだ。

「待って、まだ俺は、全然」

自分でも何を言おうとしているのか、何が言いたいのかわからない。ただ秋は悲しくて、寂しくて、たまらない気持ちで暁太に手を伸ばした。ぼろぼろと、勝手に両眼から涙が零《こぼ》れ落ちる。

「あき。こうたの、たいせつなひと」

暁太が微笑んでその秋の手に触れる。言葉通り、大切なものを包み込むような仕種《しぐさ》だった。

「いぶきが、あきをかわいいとおもったから。そのときに、こうたは、いぶきとつながった」

「……ああ、そうか」

腑《ふ》に落ちた様子で、勇吹が頷いている。

「俺は小さい頃、誰とも喋《しゃべ》らない子供だったそうです。何を考えていたかわからないと母に言われたし、俺自身、何も覚えていない。忘れてるんじゃなくて、わからなかった。自分と他人、自分と自然——御山との繋がりのようなものが、すべて、漠然としていて」

勇吹の言葉に、晄太が頷きを返す。

「やまもりにおもいがめばえたから。こうたもかたちをえて、ふたたび、いぶきとあきにであうのを、やまでまっていた」

「長くお待たせして、申し訳ありません」

「こうたには、まばたきの間のこと」

涙が止まらない。晄太に伸ばしたのと反対の腕に、勇吹の手が触れている。宥めるような、慰めるような、寂しさを共有しようとするような、優しい触れ方だった。

晄太がふと、そんな勇吹の手を見て、笑った。

「いぶきは、いいなあ」

そう聞こえた声が、最後だった。

目の前で光が弾《はじ》けるように溢《あふ》れ、思わず秋が目を瞑り、再び開いた時、もう晄太の姿はどこにも見えなくなっていた。

「……急すぎじゃないか？」

寂しくて寂しくて目が痛いほど泣けてくるのに、何かを『失った』ような気分にはなれず、秋はどうしようもなくて、笑った。

「いなくなったわけじゃありませんから」

秋の背中を摩《さす》りながら、勇吹が言う。

「小沢さんにも、わかるでしょう」

「……うん。いるなあ。見守ってくれてるなあ」

たしかに晄太は神様だった。姿は見えないのに、優しい気配がそっと寄り添う感じが微かに伝わってくる。

なのにもう、触れられない。抱き締めて頭を撫でることも、「あき」と可愛い声で呼んでくれることも、なくなってしまったのだ。

「勇吹が俺を好きになってさ。俺も、勇吹のこと大好きになっちゃったから、晄太が大きくなったんだよな。神様にこう言うのも何だけど、ひどい仕組みだよ、昔のこととか思い出して、もう最高潮に勇吹のこと、晄太のことも、大好きだな、離れたくないなって思った時に、こういう……」

笑い泣きでしゃくり上げる秋の頭を抱え込むように、勇吹が腕を回してくる。秋は遠慮なく勇吹の胸に顔を埋めて、子供みたいに声を上げて泣いた。

「こっ、こんなに、寂しいのに、後悔もできないなんて……晄太に会ったのも、勇吹好きになったのも……」

「ちゃんと運命でしたね、残念ながら」

背中と髪を撫でながら言う勇吹の背中を、秋は拳で殴りつけた。大した力にはならなかった。

「残念じゃないよ、馬鹿。勇吹はさ、最初から、覚悟ができてただろうから、俺みたいに泣いたりとかしなくて、いいかもしれないけど」

「——寂しいですよ、俺も」

「……。うん」

秋は八つ当たりをやめて、また大人しく勇吹に凭《もた》れた。

「近所の人たちも、寂しがるだろうな……」

毎日、買い物や散歩に行く秋と晄太を、皆が見守ってくれたし、声もかけてくれていたのだ。

「多分ですけど、あまり意識はされないと思います。目の前から消えれば、今のような、『見守ってくれている』感じが残るだけで、晄太様のお名前も曖昧になる。晄太様が現れるまで、母神様に対して、ずっとそうでしたから」

晄太には名があるのに、その母親という存在は『母神様』としか呼ばれないことを、他にも神様がいるようなのに『山神様がた』としか呼ばれないことを、秋は何となく不思議に思っていた。

「……俺や勇吹も？」

「いいえ、山守は、忘れません。幼名ですが、名をつけさせていただいたのは俺ですから。記録にも残してあります」

「じゃあ、万が一俺が忘れたら、思い出させてくれ」

「忘れませんよ」

そう言った勇吹の言葉には、もしかしたら何の根拠もないのかもしれないと、秋は察する。山守でもない秋の思い出がどうなるかなんて、きっと勇吹にもわからなかったはずだ。

そう気づいていても、秋は途方もなくほっとした。

5

スマートフォンの通話終了ボタンを押すと、秋《あき》は体中から力を抜くように、大きな溜息を吐いた。

緊張で凝り固まった体を解《ほぐ》しつつ、居間へと戻る。

ソファに座っていた勇吹《いぶき》が、すでに秋の方を見ていた。

「どうでしたか」

「――うん、しぶしぶだったけど、俺がそうしたいならいいってさ」

勇吹の隣に腰を下ろしながら、秋はもう、その体に凭れる恰好《かっこう》だ。

電話をかけていたのは、実家の両親にだ。まず父親に、それから母親と話をした。

「これまで流されまくって主体性もなく生きてきた息子がようやく自分のやりたいことを見つけたんだから、反対するはずもないですけどね」

「言い方ぁ……」

晄太《こうた》が山に還って、半月ほどが経《た》った。

まだ蒸し暑い日は続くが、どこかしら秋の気配を感じるようになっている。

暁太がいなくても、勇吹は毎日秋の家を訪れて一緒に食事をして、夜が深くなる前に帰っていき——一週間に一度くらいは、泊まっていく感じだ。

「短絡的かもしれないけどさ。保育士とか」

暁太の世話をする必要がなくなってしまい、秋は呆《ほう》ける前にと、すぐに仕事について改めて考えた。

そうしたら案外すんなりと、「これがいいな」というのに辿り着いた。

「秋には合ってると思いますよ、俺と違って、お話も上手でしょうし」

勇吹の声音は少々皮肉っぽい。甥《おい》っ子の保育所での失敗について、というかその様子を秋や広晴に笑われたことについて、まだ引き摺《ず》っているようだ。

「俺はここで育ったわけじゃないから、山神様のことをよくわかってないのかもしれないけどさ。でも、俺だから話せることもあるかなと思う」

広晴《ひろはる》にも、相談に行った。小学校の授業よりも前、保育所や幼稚園で、山神様の話をするのはどうだろうかと。

五浦《ごうら》の経営する幼稚園があるから、いずれそこに勤められるようにするのがいいのでは、と勧められた。

「今年の試験はもう終わっちゃってるし、来年の春までしっかり勉強してひとまず保育士の資格取って、実務重ねて、いずれは幼稚園教諭の資格取って」

「ご両親も納得してくれたようなら、そろそろうちに越してきますか」

さらりと、勇吹が言う。

秋はその首に両腕で抱きついた。

「今、俺から切り出そうと思ってたのに」

「そうかなと思って、機先を制してみました」

「何で張り合うんだよそこを」

「というか、待ちくたびれたので」

秋はぎゅっと、勇吹に抱きつく腕に力を籠めた。

「何か迷っているのはわかっていましたから。俺がもう一度言えば、秋はうちに来てしまうじゃないですか」

「……うん」

勇吹が何も言わずにいたのは、待っていてくれたからだったらしい。

そこに多少なりとも不満を感じていた自分を、秋はこっそり恥じた。

「もう大丈夫でしょう。俺というほどなのでこの家に比べれば粗末なものですけど、二人暮らすには充分なので、必要なものだけ持って引っ越して来て下さい」

「うん」

「前も言いましたけど俺はほとんど家電を持っていないし、電気も使わないので、使いたいならそこだけ小沢《おざわ》さんが支払ってくださいね」

「うん。食費とかも」

「細かいところは、おいおい」

「……何か俺が嫁入りする、みたいな風情になるけど大丈夫か？　山守とか、五浦の息子っていう立場で、世間に対する手前とか……」

「さあ、跡継ぎをせっつかれるいわれもありませんし。山神様の罰が当たる心配もないでしょうし。文句を言うような人もいないと思いますよ、秋が山神様に好かれているのは土地の者にもわかるでしょうから、神様のお気に入りを誹謗《ひぼう》中傷する方が怖いんじゃ？」

「そういうもんかー……」

「そもそも別れる気がないでしょうが、お互い」

「うん」

素直に頷いて、秋は勇吹の肩口に押しつけていた顔を上げた。

「――案外甘ったれですよね」

秋の頬を指で擦りながら勇吹が言う。秋は少し鼻の頭に皺を寄せた。

「普通に恋人に甘えるのが悪いか？」

「出会って……再会してすぐの頃、死にそうな酷《ひど》い顔色で晄太様のそばにいた時は、こんなふうな人だとは思いませんでしたよ」

そう言われてあの頃の自分の様子を客観的に思い出してみると、ただの不審者にも見えたかもしれないと思う。暁太が普通の子供だったら、確実に通報されていただろう。

「勇吹の初恋の可愛いアキちゃんなのに……」

「おかげで全然気づきませんでした」

初恋、というところを否定する気は、もう勇吹にはないようだった。つい笑いを零すと、勇吹がムッとしたように眉間に皺を寄せつつも顔を近づけてくるので、秋は大人しく目を閉じた。

(勇吹もすっかり慣れて、上手くなったなあ——)

などと余裕ぶって考えていられたのは、ほんの少しの時間だけだ。

「は……、……ん」

すぐに熱心になる勇吹の接吻《くちづ》けに翻弄されて、呼吸を乱される。

暁太が山に還ってしまった数日後、寂しがる秋の方から勇吹を誘う形で二度目の行為に及んだが、その時も年上の余裕とか、経験者の余裕などというものを味わえたのは、わずかの間だった。

(だって、勇吹に触られると……他の人とした時と、全然違って)

比べるようなことを言えば勇吹やこれまでつき合ってきた相手にも失礼な気がするので、口には出さないが。

「……ぁ……ッ」

服の上から体をなぞられるだけでみっともないくらい体がびくついて、甘い声が漏れてくるのだから、自分でも始末に負えなかった。勇吹の仕種はいつもまったく遠慮の欠片《かけら》もなく、秋が声を漏らせば同じ場所に触れてきて、さらに反応を引き出そうというように、仕種が執拗《しつよう》になる。

負けじと、秋も勇吹に手を伸ばした。こういう行為も、考えてみれば流されてばかりだった記憶がある。相手が望むことを感じ取って、望むように触れたり、反応するふりをしてみたり。

なのに勇吹とは、そんなゆとりもない。我ながら体をビクつかせすぎだし、声は止められないしで、きっと勇吹にはさぞ好き者だと思われているだろうな——と想像して気恥ずかしい。最初の時なんて、勇吹を受け入れるために自分で自分を解したり、などしてしまったのだ。

（切羽詰まりすぎてるって思われるよりは、その方がいいけど……）

微妙に震える手で勇吹の作務衣の結び目を解こうとする間に、秋のシャツのボタンはとっくに全部外されて、肌に直接触れられた。

「あっ……ん……、……ッ」

胸の周囲を撫でられたあと、容易《たやす》く固くなったその先端を指でつまれながら、首筋にも唇を這わされ、強く吸い上げられて、結局秋の手は勇吹の服を脱がせる前に止まってしまう。勇吹は秋に触れられるよりも、自分から触れる方が好きらしい。勇吹は勇吹で、自分が乱れるところを秋に見られるのを負けると思っているんじゃ——という疑いを秋は持っているが、かといって、それに対抗できるほどの余裕がどうしても持てない。

「い……ぶき、気持ちいい……」

だから素直に、恥を忍んで本音を口にしたのに、そのたび勇吹の眉根が寄るのが、内心ちょっと面白かった。

「……なあ、もっと羞じらったりとか、した方がいい？」

開け広げなのを物足りないとか、品がないと思われてしまうなら、あまり面白がっている場合ではない。吐息が乱れるのを精一杯堪えながら訊ねたら、勇吹がますます眉間に皺を寄せた。

「そうやって余裕ぶるの、やめて欲しいんですが」

「……ッ……ん」

下着の中に手を差し入れられ、直接、熱を持ち始めたものを掌《てのひら》で包まれる。

（ほんとに全然、余裕なんて、ないんだけどなあ）

勇吹の方こそ、こちらを翻弄してくるように感じているのに。どうも、お互い様らしい。

（……勇吹の家に引っ越して、夜もずっと一緒にいられるようになって、歯止めとか利かなくなったらどうしよう……）

どうしよう、と思いつつ、特に困っているわけでもなく、むしろ期待でソワソワする。秋は好きな人と同じ家で暮らせるんだという、この先の幸福を噛み締めつつ、勇吹にキスをねだるように身を寄せた。勇吹はすぐに意図を察して秋の唇を唇で塞ぎながら、シャツを脱がせ、下着ごとパンツも脱がせてくる。秋はもどかしい気分で、勇吹が服を脱がせやすいようにと身動《みじろ》いだ。

「もう少し腰上げて、秋」

「……ん、うん」

秋、と最近勇吹はずっと名前で呼んでくれるようになった。だからその呼ばれ方には慣れたつもりだったのに、こういう時に耳許で、低い声で囁かれると、ずるい、と思ってしまう。

勇吹は、前に秋がそっと用意して手渡して以来愛用しているローションで自分の指を濡らした。近所で買えば絶対に噂《うわさ》になるとしか思えなかったので、ネットで買った。配達地域が限定されているネットスーパーは全滅だが、日本中どこにいようと荷物を届けてくれる大手通販サイトの存在を、人生でこうまでありがたく思ったことはない。

秋はソファに腰掛ける勇吹と向かい合い、その両脚を跨《また》いで座った。相手に縋《すが》りつくような恰好で、触れて貰《もら》いやすいようにと、少し恥ずかしい気分を押し殺しつつ腰を浮かせる。勇吹の濡れた手が、優しい仕種で秋の窄《すぼ》まりの周囲を撫でる。

「……ぁ……」

ゆっくりと、勇吹の指が体の中に潜り込んできた。相変わらず丁寧な、優しい動きで中を探られる。微かに水音がするのが恥ずかしく、その恥ずかしさのせいで身震いしてしまう。

（もう気持ちよくなってるとか、思われる――）

実際、もう気持ちよかった。内側を撫で、擦られる感触自体も、勇吹にそうされているという状況も、際限なく秋の心身を昂《たか》ぶらせていく。

与えられる快楽に没頭しきる手前で、秋はどうにか勇吹の体にも手を伸ばした。そっと腰から内腿《うちもも》の方に手を滑らせると、布越しにも、勇吹のそこがすっかり固くなっているのがわかって、嬉しくなる。呼吸を乱しながら、作務衣の下衣から勇吹のそれを引っ張り出した。勇吹の体に体重を預けるようにしながら、片手を使って、その昂ぶりを掌で包んで擦る。

「……っん」

勇吹が堪えきれずに漏らした声を聞くのが、嬉しい。可愛いなあ、と口許を綻《ほころ》ばせていたら睨まれて、口の中や舌を蹂躙《じゅうりん》するようなキスをされてしまった。

「んんっ、う……ん……」

強く舌を吸い上げられる感覚に気を取られている間に、体の中を探る指が増えていた。内側から押し広げるように指を抜き差しされ、秋はたまらず勇吹の体に両腕で縋る。身を寄せると、互いの昂ぶり同士が擦り合わされて気持ちいい。恥ずかしさも吹き飛んで、秋は自分からそれをさらに擦るような動きを取ってしまう。

浅ましい動きに呆れられるかもという不安は、そんな自分を見る勇吹の眼差しが熱っぽいおかげで、持たずにすんだ。

（やらしい顔してるのは、お互い様だ）

きっと自分も、勇吹みたいな目で相手のことを見ているだろう。秋の方こそ、再会して間もない頃の勇吹を思い出すにつけ、こんなに甘ったるい表情を見せてくれるなんて、想像もつかなかった。

「もう――大丈夫ですか」

囁くように問われ、秋はすぐに頷く。指が抜き出され、腰を上げるように仕種で促されて従うと、指の代わりに、勇吹の性器の先端が尻の狭間《はざま》に押し当てられた。

秋は勇吹に凭れるようにしながら、少しずつ、自分で腰を落としていく。

（大っきい……）

固く膨らみきった勇吹のものは大きくて、そうやすやすと受け入れられるなんて思えないのに、勇吹が丹念に濡らしてくれたおかげで、少しずつ身を沈めることができた。

「……、……っ」

最後まで飲み込み切って、勇吹の膝に腰を下ろすと、すぐに抱き寄せられる。待ちかねたような動きで体を揺すられた。

「ぁっ、あ……、……っ」

下から深いところを突かれて、そこから震えが立ちのぼる。繋がった場所が熱いような、溶けそうな錯覚がした。

（こんなすぐ、もう、気持ちいい……）

勇吹を体に馴染ませる時間すら与えてもらえなかったのに、苦痛よりも快楽の方がはるかに勝っている。それでも秋が必要以上に辛《つら》くないようにと、相手ががっつくのをどうにか抑えようとしているのが何となく伝わってきて、愛しくて仕方がない。その衝動のまま、秋は勇吹に縋ったまま、自分で体を揺らした。勇吹もすぐに動きを合わせ、再び下から短く突き上げるように揺さぶられる。

「んっ、あ、ぁっ、あ……」

動きに合わせて小さな、自分でも気持ちいいのがわかりすぎるような声が漏れていく。さすがに恥ずかしいのが堪えきれず、唇を塞いでほしくて、秋は自分から勇吹と唇を合わせたのに、勇吹がいやらしい舌遣いを返してくるせいで、余計甘ったるい声を漏らす羽目になってしまった。

（駄目だ、止まんない……）

もっと勇吹を体の中で感じたくて、気持ちよくなりたくて、それ以外何も考えられなくなっていく。自分がもうどんな恰好でどんなふうに腰を揺らして、どんな声を上げているのか、わからなくなっていく。

「秋……」

駄目押しに名前を囁かれて、秋は勇吹にしがみつきながら身を強張《こわば》らせて、達した。

その後も少し荒く自分の中を穿《うが》っていた勇吹が動きを止め、大きく胴震いしたのがわかる。

（……勇吹も、いった……）

秋は射精した時よりも、それを感じた時の方が、不思議と満足な心地になった。

「……すみません、中」

勇吹が強い力で秋の背中を抱いて、面目ないというような、呻《うめ》くような声を漏らしたのが聞こえる。

「外に出す余裕がなかった……」

秋は笑いを堪えて、勇吹の首筋に頬を寄せる。

「いいよ、俺もゴムつけるの、全然忘れてた」

ローションと一緒に、それも用意しておいたはずなのに、お互い頭からすっぽ抜けてた。

「でも、あとが大変ですよね……」

「んー……風呂、一緒に、入る？」

甘える声音で言ってみたら、勇吹が即座に頷きを返す。

「ちゃんと責任取って、綺麗《きれい》にしますので」

申し訳ながっている勇吹が可愛くて、秋は口許を綻ばせた。

勇吹とこうしていると、満たされた気分で、幸福になる。

この家にいる時、あの小さな子がどこかにいる気がして呼びかけそうになる癖が抜けないままで、ときどき猛烈に寂しくなるのは、どうしようもなかったが。

（暁太が、勇吹と出会わせてくれたようなものなんだから）

だから今の幸せを噛み締めながら、秋は目一杯、甘えるように勇吹に凭れた。

◇◇◇

秋の引っ越しの荷物は大した量ではなかった。元々、旅行に行く程度のものだけ持って祖父母の家にやって来たのだ。

「生活に必要なものは、まあうちにもほどほどにありますので」

一人でも充分持てる荷物だったが、勇吹が手伝いに来てくれた。

すでに祖父母の家の買い手が正式に決まり、間もなく他人のものになる。春まで猶予はあると管理をしている叔父からは言われていたが、未練がましく居座るのもどうかと思ったので、ちょうど涼しくなり始めた頃に、秋は勇吹の庵へと移り住むことに決めた。

「この鍋とか色々、置く場所あるか？」

祖父母の家にあるものは、大掛かりな家具以外売る時に処分するというので、使い慣れたものはもらっていくことにした。ほとんどが調理器具だ。

「なければ増やせばいい。どうせ土地は使い放題ですから、暮らしやすいように変えていって大丈夫ですよ」

勇吹の言うことのスケールが大きいのか、そもそも庵というものが小さいからできることなのか、秋にはまだ見当がつかない。

とにかく勇吹と一緒に、秋はこれから随分長く住むことになるであろう家へと向かう。緊張と期待が半々、という感じだ。夏の前にここに来た時のどん底の気分とは大違いだった。

「水は井戸から汲《く》むとか言ってたっけ？　俺でもできるのかな。あ、畑に運んだりもする？　俺虫は無理なんだけど、やってけるかな」

歩き続けると歩道が消え、舗装された道もなくなり、土を踏み固めただけの獣道のようなものに変わっていく。名前も知らない花や木々が増えていくのがもの珍しく、きょろきょろと辺りを見回しながら少しずつ上り坂になっていく山道を歩く秋に、勇吹が笑いを噛み殺しているような顔を向けた。

「何だよ」

「いや。やけにテンションが高いなあと」

「……そりゃそうだろ、初めて勇吹の家に行くんだし」

恋人の家への初訪問、いや、気分としては嫁入りだか婿《むこ》入りだかという感じなのだ。浮ついてしまうのは仕方がない。

「勇吹は浮かれてないのかよ、俺がこれからずっと同じ家にいるのに」

「そう見えるんですか」

いちいち素直じゃない勇吹の口調に、秋はムッとした顔を作ろうとしたが、無理だった。

「いや、全然」

取り澄ましたような勇吹の表情も、口許の辺りが立派に浮かれている。

「あ、もしかして、あれ？」

曲がりくねった山道をしばらく行くと、背の高い草の向こうに、小さな家が見えた。もうお伽噺《とぎばなし》とか、日本昔話に出てくるようなものにしか見えない、茅葺《かやぶ》きの、こぢんまりした建物。とはいえ近づいてみれば、今どきならむしろ貴重に感じられそうな、古式ゆかしい木造の平屋建てだ。濡れ縁があって、玄関や窓にはちゃんとガラスが使われている。そこそこ定期的に修繕をしているらしいので、古さは感じても、秋が覚悟していたようなボロ家とは程遠い、むしろ存在を知られれば秘境の蕎麦屋《そばや》だとか知られざる宿などともてはやされそうな気すらする眺めだった。

「鍵はありませんので、玄関でも縁側でも好きに出入りしてください」

玄関の引き戸に手をかけながら勇吹が言う。

「え、危なくないか？」

「こんな場所に誰か来るとでも思うんですか。来たところで、盗むようなものもないし——」

玄関の中は小さな土間と上がり框《かまち》、そこからすぐに畳敷きの部屋がある。小さな卓袱台《ちゃぶだい》が見えたので、おそらくそこが勇吹の生活の中心なのだろうか。

「勇吹？　中、上がっていいんだろ？」

沓脱《くつぬぎ》らしき土間で勇吹が立ち止まってしまったから、秋はそれ以上進めないし、中もよく見えない。勇吹はなぜかしばらく動かず、少ししてから、秋を振り返った。

「どうした？」

勇吹が何か言おうとして口を開くが、結局何も言わずにまた顔を前に戻してしまった。何なんだ、と首を捻りつつ、勇吹の体を押し退《の》けるようにして中を見た秋は——勇吹と同じく、何も言えなくなった。

卓袱台の向こうに、誰かがいる。

白い着物を着た、十歳になるかならないかというくらいの、男の子が。

「おかえり、秋、勇吹」

「——」

笑ってそう告げる顔には、あの小さな子供の面影が、まだ充分に残っている。

「晄太……!?」

「うん」

混乱しながらも、秋は靴を脱ぎ捨て、部屋に上がった。晄太はにこにこと嬉しげな笑みを浮かべて、畳の上に端座している。

「ど、どうして？　山に還ったんじゃ」

「暁太はまだ、動けるから。この姿で」

「……っ」

秋が勢いよく振り返ると、勇吹がサッと首を横に振った。

「誓って言いますが、俺も知りませんでした。別に、秋を騙《だま》すとか驚かせようとしたわけじゃ」

よかった。そうだったら、喜びと「あの別れは何だったんだ」の怒りで、勇吹を殴ってしまうところだった。

「ずっとは、いられないけど」

「え……」

以前よりもはっきりした、大人びた口調で言う暁太の言葉に、秋は再びそちらに目を向ける。

「たまにね。会いたくなったら。暁太が母と同じくらいに大きくなって、山と一緒になるまでは」

「……ええと、それって、どれくらい？」

訊ねた秋に、暁太が少し考え込むように首を傾げてから、指を三本立ててみせた。

「三年……」

暁太が笑って首を振る。

「三十年……」

もう一度、暁太が首を振った。秋はもう泣きそうだ。

「……三百年？」

「だから、たまに。ときどき、来るよ」

耐えきれず、秋は手にしていた引っ越しの荷物を放り出して、暁太のことを抱き締めた。もうほんの小さな子供とは違う、それでもまだまだ腕の中に収まる体だった。今まで三百年、これからも三百年在り続けるという神様の「ときどき」がどのくらいの頻度なのか秋にはわからなかったけれど、二度と会えないわけではないと知って、胸が一杯だ。

「いいよね、勇吹」

暁太が訊ね、秋も振り返ってみると、勇吹が微笑んで頷くところだった。

勇吹も目が赤い。一緒になって抱き締めてやればいいのにと思うのに、勇吹はあくまで山守として、暁太に向け頭を下げている。

「この御山も、五浦のものもすべて、元より暁太様のものです」

「秋は？」

訊ねた暁太の声音は、子供らしく無邪気なような、なのにどことなく悪戯《いたずら》っぽいような響きだった。

勇吹が珍しく困り果てた顔になって目を瞑り、再び瞼を開いてから、苦笑する。

「――すみません。秋は、全部暁太様のものというわけには」

「知ってる。勇吹は、いいなあ」

羨むように言う暁太の顔を、秋は抱き締める腕を放して、覗き込んだ。

「暁太がここにいてくれる間は、勇吹も俺も、暁太のものだよ」

言った秋に、暁太が嬉しそうに笑う。勇吹も「仕方ない」というように笑っていた。

それでもう、秋も、言葉に尽くしようもなく嬉しかった。

あとがき

小説キャラ（雑誌）掲載分の表題作に、書き下ろしをつけて一冊にまとめていただきました、ありがとうございます。

元々書き下ろし一冊分で考えた話なんですが、雑誌の方で書くことになったので、三分の二くらいのところで一旦区切りをつける必要があって、予定していたのとはちょっと違う流れになりました。それでというわけでもないんですが、勇吹の性格も最初イメージしてたのとは若干違う感じになった気もします。当初はもっと、こう…クールビューティ…？　だったはずなんですが、弟っぽさが前面に出たような。書いてみたらこっちの方が自分の好みに合っていたので、いつかクールビューティな攻めを書いてみたいという野望は敗れ去りましたが（そういう野望を持っていたのです）、これはこれでよかったです。という気がします。秋も、もう少し愁いを帯びた美形…だった気がするんですが、どんどん今みたいな形になりました。

そうそうシリアスにはしたくないというか、読んでいて楽しく、幸せになるようなお話が書きたいというのは最初から考えていたところだったので、最終的にはお話もキャラクターも収まるところに収まってよかったな～と思っております。

みなさんにも、少しでも楽しんでいただけていたら嬉《うれ》しいです。

イラストを、雑誌に引き続き小椋《おぐら》ムクさんに描いていただきました。どうですか…どうですか暁太…かわいい…かわいい…かわいいですね…。大人たちもかっこよく、大変幸せな心地です。原稿を書くのがとても遅かったりと全然いい行いをしてきませんでしたが幸せになってしまいました。ありがとうございます。表紙を見てあまりのかわいさに泣けてきました。勇吹は多分嗚咽《おえつ》していると思います。

土地に根づいた神様、というのがとても好きでして。ちょくちょくそれらしいものに影響された人…的なものを書いたことはあるんですが（河童《かっぱ》とか）、神様そのものを書くのはそういえば初めてかもしれない。

神様は悪い子に罰を与えるわけではない、悪いことをしたから救われなかったのではないし、救われなかったのは悪いことをしたせいではない、でも優しい人にはちょっと幸せなことがあるといいなあ、と思いつつ、暁太を書いてました。

みなさんにも、ちょっといいことがたくさん起きますように。

ではではまた、別の本でもお会いできると嬉しいです。

渡海《わたるみ》奈穂《なほ》

この本を読んでのご意見、ご感想を編集部までお寄せください。

《あて先》〒141-8202　東京都品川区上大崎3-1-1　徳間書店　キャラ編集部気付
「山神さまのお世話係」係

【読者アンケートフォーム】
QRコードより作品の感想・アンケートをお送り頂けます。
Chara公式サイト http://www.chara-info.net/

■初出一覧
山神さまのお世話係……小説Chara vol.45（2022年1月号増刊）
残念ながら運命です……書き下ろし

山神さまのお世話係……【キャラ文庫】

2022年8月31日 初刷

著者 渡海奈穂
発行者 松下俊也
発行所 株式会社徳間書店
〒141-8202 東京都品川区上大崎3-1-1
電話 049-293-5521（販売部）
03-5403-4348（編集部）
振替 00140-0-44392

印刷・製本 図書印刷株式会社
カバー・口絵 近代美術株式会社
デザイン 百足屋ユウコ+タドコロユイ（ムシカゴグラフィクス）

ISBN978-4-19-901075-0

渡海奈穂の本

好評発売中

「憑き物ごと愛してよ」

イラスト✦ミドリノエバ

憑き物ごと愛してよ
渡海奈穂
イラスト◆ミドリノエバ
身体に巣喰う化け物に孕まされる前に
どうかその手で殺してください――
キャラ文庫

僕の身体に巣喰う、強大な憑き物を祓ってほしい――18歳になったら憑き物の花嫁として孕まされ、殺される運命を背負う温《ゆたか》。並みの術師では太刀打ちできず、一縷の望みで最後に縋ったのは、最強の憑き物落とし・陸海《くがみ》。「たとえ1億積まれても、俺は助けない」冷たく拒絶する陸海の元に、諦めず通い詰める日々。ついに根負けした陸海は、「このままじゃ寝覚めが悪い」と渋々引き受けてくれて!?

渡海奈穂の本

渡海奈穂
僕の中の声を殺して
耳を塞いでも聞こえる「奇妙な声」
この音の地獄から、俺を連れ出して──

好評発売中

「僕の中の声を殺して」

イラスト✦笠井あゆみ

人に寄生して体を乗っ取る謎の生命体が出現!!　しかも、言語を発するらしい!?　捕獲を試みる市役所職員・幟屋《のぼりや》が協力を依頼したのは、引きこもりの青年・宮澤《みやざわ》。動植物の言葉がわかる能力を持つ男だ。こんなに煩いのに、なぜ皆にはこの声が聞こえないの…？　虚言癖を疑われて人間不信に陥っていた彼は、13年間一歩も外に出たことがない。怯える宮澤を、幟屋は必死に口説くけれど!?

渡海奈穂の本

河童の恋物語
渡海奈穂
イラスト◆北沢きょう
頭に皿はないけど、手に水掻きはある…
じゃあ、下半身はどうなってんだ——!?

好評発売中

[河童の恋物語]

イラスト✦北沢きょう

うちのクラスには河童がいるから、絶対に怒らせるな——。田舎に引っ越してきた高校二年生の啓志《けいし》は、転校初日から呆然!! 頭に皿もないし、水浴びが好きだからって太郎《たろう》が河童なんて信じられるか!! けれど、怒らせると雨が降るからと遠巻きにされ孤立している太郎のことがなぜか放っておけない。「おれがこわくないのか?」不思議そうに、どこか嬉しそうに懐いてくる姿が可愛く思えてしまい!?

渡海奈穂の本

好評発売中

［彼の部屋］

渡海奈穂
イラスト◆乃一ミクロ
彼の部屋
悪霊から護ってあげるから、
弱みにつけこんでも、いい？
キャラ文庫

イラスト✦乃一ミクロ

激しい家鳴りと、耳元で響く呻き声、頻繁に壊れる電化製品――アパートの不気味な現象に疲労困憊なリーマン・藤森《ふじもり》。そんな折、同じビルで働く江利《えり》が、突然声をかけてきた。「藤森さんの部屋、出るでしょ？」最初は胡散臭く思ったが、霊現象に詳しく、霊感ゼロな藤森に的確な助言をしてくれる。なぜここまで俺を護ってくれるんだ――江利を不審に思いつつも、霊にビビって自分の部屋に泊めることに!?

キャラ文庫最新刊

新入生諸君！

久我有加

イラスト✦高城リョウ

憧れの名門合唱部が、部員不足で廃部寸前!? 部員集めに奔走する英芽《えいが》と寮の同室になったのは、中学時代に野球で名を馳せた高松《たかまつ》で!?

山神さまのお世話係

渡海奈穂

イラスト✦小椋ムク

社畜生活に疲れ、田舎町に身を寄せた秋《あき》。そこで出会った山神様の子供に懐かれ、山神様を守る一族の青年とお世話することになり!?

たとえ業火に灼かれても

水壬楓子

イラスト✦十月

14年ぶりに日本に戻ってきた、監察医の左季《さき》。幼馴染みが殺害され、共に捜査することになったのは、会いたくなかった初恋の相手で!?

9月新刊のお知らせ

海野 幸　イラスト✦石田惠美　[リーマン二人で異世界探索(仮)]

遠野春日　イラスト✦笠井あゆみ　[不整合恋愛事情(仮)]

9/27(火)発売予定